间游戏

XIANGJIAN YOUXI

宋长征 著

GUANGXI NORMAL UNIVERSITY PRESS
广西师范大学出版社
·桂林·

图书在版编目（CIP）数据

乡间游戏 / 宋长征著. —桂林：广西师范大学出版社，
2017.1（2017.8 重印）
（雅活书系）
ISBN 978-7-5495-9331-6

Ⅰ. ①乡… Ⅱ. ①宋… Ⅲ. ①散文集－中国－当代
Ⅳ. ①I267

中国版本图书馆 CIP 数据核字（2016）第 317773 号

广西师范大学出版社出版发行
（广西桂林市中华路 22 号　邮政编码：541001
网址：http://www.bbtpress.com）
出版人：张艺兵
全国新华书店经销
桂林广大印务有限责任公司印刷
（桂林市临桂县秧塘工业园西城大道北侧广西师范大学出版社集团有限公司创意产业园　邮政编码：541100）
开本：880 mm ×1 240 mm　1/32
印张：8　　字数：170 千字
2017 年 1 月第 1 版　　2017 年 8 月第 2 次印刷
定价：45.00 元

六十多种消失的

童年游戏

在文字里

在记忆里

新鲜复活

永远年轻

永远热泪盈眶

“乡间游戏是

记忆的一把钥匙。

想起游戏

就等同于找到

记忆的那把钥匙。”

遗失在风中的钥匙

——《乡间游戏》序

/ 宋长征

此游戏非彼游戏，区别于手机、电脑里的游戏。如果非要扯上联系，前者是后者的老老祖先，瘦骨嶙峋地站在天上看，看人间男女各自对着一块没有温度的屏幕，凝神，傻笑，癫狂，歇斯底里。

老祖先的游戏有点不解，想说家门不幸吧又不知从何说起，只好背对尘世，和后来上天的祖先们在树荫下做自己的游戏。

乡间游戏是记忆的一把钥匙。地上刮着风，风在村庄里游走，破旧的柴门吱呀，风一缩身形就能钻进去。而你不能，你知道门旁有块砖，钥匙就放在砖底下。这是不是秘密的秘密。爹出门做工，娘在南岗子上的棉花地，你只能靠着自己，在村庄里晃晃悠悠长大。

想起游戏就等同于找到记忆的那把钥匙。时间是一个黑洞，来无影去无踪；如果把时间想象成一把尺子，抓子儿、摔方宝、打陀螺、吹泡泡、拧柳笛、丢手绢、糊风筝、木偶戏、翻花绳、木头人、打水漂、捏泥人、跳绳、摔跤、斗拐、荡秋千……就是尺子上的刻度，哪一年哪一月哪一时，按图索骥，都能找到相应的刻度。

尺八也是刻度上的一种，发源于汉，兴盛于唐，取自竹子的根节，不知后来为何东渡去了扶桑，一去千年难觅踪影。听《故乡》，其音辽远、苍凉，身体里流淌着一条渺远的大河，岸边杂花生树，水流哽咽潺湲。

说句大不恭的话，乐器、歌舞、书画、文学等诸多艺术表现形式，应该都来源于游戏。上至达官贵族，下至民间里巷，闲来无事或者耕作之余，三三两两聚集在一起，一出游戏排遣一段寂寞时光。“若不知道人民日常的娱乐方法，便不能认识一个民族。”林语堂一句话把游戏上升到了民族高度。

可见人除了衣食住行还有别的东西，只是后来出现了分水岭，一边是豪奢者的游戏，一边是我要说到的乡间游戏。

击壤击壤，从字面上看，就是打坷垃呀打坷垃。我小时候，村里人骂孩子不好好上学就说一看就是打坷垃的料，早晚负责修理地球。没想到一语成谶落在我头上，家里还有几亩薄地，春种秋收，保证饿不着肚皮。

刚翻的泥土有草木味儿，父亲在前面吁吁哦哦，我手执一把与身体极不成比例的抓钩把大块的泥土敲碎，态度诚恳而认真。我想就是真打一辈子坷垃也没啥不好，天上是行色匆匆的云，是飞向春天的鸟；地上是落叶的树，是藏在草间清脆的虫鸣；不远处是炊烟散乱的村庄，一个麻花辫子的小妮扭着屁股去老井边汲水。

我都要被自己迷幻了。这时《击壤歌》从4000多年前的月光下传来：“日出而作，日入而息。凿井而饮，耕田而食。帝力于我何有哉！”太阳出来亮堂堂，我扛着抓钩身披霞光上路，路边春草上的露珠打湿了鞋子；夕阳像一个肉丸子挂在树杈上，打了一天土坷垃的人荷锄晚归。渴了啊，我就随便找个地方挖眼井，前人栽树后人乘凉，不光方便了自己，后来的子孙也有水喝；饿了啊，我家的粮囤里还有谷米，咋着也能填饱肚皮。

——帝力于我何有哉！

这只是事物的一面，其实我想引出游戏的来源，相当于在百千游戏中找出一个代表，以期证明游戏的出身与来处。晋人皇甫谧《高士传》说："帝尧之世，天下太和，百姓无事。壤父年八十余而击壤于道中。"可见击壤游戏的广谱性，不管黄发垂髫的小儿还是耄耋之年的老人，老少咸宜。捡起一块泥土掷向另一块稍大的土块，以击中与否作为乐事。

再早一些应该追溯到上古时代，人们用球形的天然石块来狩猎。将两三个用兽皮包裹的石球用皮条串联在一起，对准猎物抛出，这样就很容易缠住猎物的腿脚，此法十分奏效。后演变为儿童踢弄玩耍的玩具。西安半坡遗址，考古学家在一个三四岁女孩的墓穴中发现三个经过打磨、形体轻巧的石球，同时出土的还有一枚陶制陀螺。

先秦时代的六博是一种棋类游戏，带有一定的赌博性质，为夏桀的臣子乌曹所发明，并开始在宫廷和上流社会中流行。

春秋战国时期，出现斗鸡。《左传》曾记载鲁国的季氏和郈氏两位大夫斗鸡取乐。

汉魏是中国游戏史承上启下发展的重要阶段，这一时期出现了以帝王为首的官家游戏，如投壶、格五、弹棋等。在先秦时期出现的蹴鞠这时受到帝王贵族的推崇，他们专门建设了“鞠城”作为比赛场地，相当于现在的足球场。只是在足球的发源地，当下的国足实在让人提不起精神。

唐宋是游戏大发展的鼎盛时期，马球、象棋、升官图、叶子戏等受到封建统治阶级“与民同乐”政策的影响，由官家游戏逐渐走向民间。北宋调露子所著《角力记》载：“近代以来，都邑百姓每至正月十五，作角抵之戏，递相夸竞，至于糜费财力。”有些人已经为此废寝忘食达到了痴迷的程度。

如此看，游戏引进到我们村，已是时间的下游，其间曲曲折折，有太平盛世，也有战火硝烟。

先说器物，生长在乡下，随处可见就是一些平凡而普通的事物。

譬如一枚纸片，轻飘飘，来自草木纹理，有自身的洁白与轻盈。叠一艘小船，放进村前小河里，河水闪着波光，微风轻摇树叶，小船便顺水而流，流向太阳升起的地方，流向少年渴望的远方。叠一架纸飞机，趴在窗户上放飞，天是蓝的，云是白的，一只静止在空中的蜻蜓看见，以为是同样长着翅膀的族类，遂追随而去。我们太渴望飞翔与远方，以至于沉湎在小小的游戏中不能自拔。

红叶传书，大概也来自游戏的启示。唐人卢渥经常走过一段宫墙，听见墙内佳人嬉戏打闹，心里好似住进一只猫。正在此时，水沟飘来一片红叶，上书：“流水何太急，深宫尽日闲。殷勤谢红叶，好去到人间。”卢渥自此开始思念：写诗放红叶的到底是谁？遂去水沟的上游，也放下一片红叶：“曾闻叶上题红怨，叶上题诗寄阿谁?”还能寄谁,情寄有缘之人。后宣宗放宫女出宫嫁人,卢渥所选,正是红叶题诗的那位。

这有些近乎童话,但也不能不佩服那位聪慧的宫女。“侯门一入深似海,从此萧郎是路人。”谁能说此生再也不能遇见萧郎呢?

再说师承,一件事物的流传,有着其本身的自然性生长。

“断竹,续竹。飞土逐宍。”是先秦时期的一首诗歌——《弹歌》。是说把竹子砍下来,做成弓箭或弹弓,将坚硬的土质弹丸弹射出去,以击中猎物。这反映的是原始社会先民的狩猎过程,同样也给孩娃们莫大启示,后来我们做成弹弓,以桑树的杈丫为弓架,以老王修车铺的自行车内胎为拉筋,“飞土逐宍”,搞得一个村子里鸡犬不宁。

弹弓、弓箭、洋火枪,这些男孩子的玩具稍微有些低能;相比之下,女孩们荡秋千、抓子儿、跳皮筋、七夕讨巧就显得机巧、高端了一些。

夫子说:“志于道,据于德,依于仁,游于艺。”我宁愿把“游于艺”作为启蒙的开端。“志于道”是高远的,是一个人穷尽一生努力所要达到的高度。“据于德”“依于仁”是要有端正的行为与内心,行知合一,才可走向更为宽宥的境界。而“游于艺”说的是在礼、乐、射、御、书、数等六艺方面的培养,恰恰是最基本的东西。

我们生在乡村,没有培养所谓六艺的条件或机会,那么只能从游戏中自我启蒙。捏泥人有老有少,吹柳笛高音低音,手持弹弓也能练就一双火眼金睛,跟在父亲屁股后头不知不觉就学会了驾驭牛马,书与数稍微让人头疼,从最开始用树枝在地上比比划划到后来也能读懂家国春秋。足见游戏的作用之大,从另一个方面担负了乡村教育、教化的功用。

还有风俗,农历节气中,村庄的时间是由一个个节日所贯穿。

春节,桃符挂起,春联贴好,鞭炮声起起伏伏,穿新衣、戴新帽,尽管时日艰难我们还是把欢乐写在脸上,磕头拜年,祈求平安。清明,在哽咽的柳笛声中上路,去拜祭逝去的亲人,望乡台上,他们是否也以同样的方式在思念村庄与我们?端午,用青青的艾草、粽子的香醇表达对一位陌生人的哀思,那情怀忽然就深了广了博大了,却原来村庄里的每个人都懂得伟大或崇高与卑微有着同样的缘起。上元、中元、下元、七夕、重阳、中秋……在节气的循环往复中,村庄以虔诚的姿态迎来送往;而城市呢,每一个节日里都好像被牵动了某根神经,城与乡,互为悲喜。

梳理游戏,我好像又回到七八岁的时候,那个孩子,一个人走过空荡荡的街巷,只有矮矮的身影和一条年迈的狗陪伴在身旁。老屋在风中静默,村口的一株老槐树在风中静默。我想喊,喊回一起游戏的伙伴;我想奔跑,牵着一只风筝或者擎着手中的纸风车奔向旷野。可你知道,有些事物一旦消失再也不会重现,空余一声叹息在寂寞的纸上。

有时我想:那些凭空消失的事物或者游戏究竟回到了哪里?在朴素的村庄深处,还是“我所居兮,青梗之峰;我所游兮,鸿蒙太空。谁与我逝兮,吾谁与从?渺渺茫茫兮,归彼大荒!”归彼大荒吧,从何处来到何处去,重新回到时间的纵深,时间深处的那座村庄。在古风里,我们用最为质朴的方式活着,用最初的心彼此碰撞,洞彻繁华之外的深情与苍凉。

目　录

第一辑　器物篇：

//三叶虫苏醒，一双透明的翅膀扇动记忆的风潮

第二辑　启智篇：

//屋顶上的男孩，身披蓝色月光，唱老祖母教给的歌谣

第三辑　风俗篇：

//我们从古风中走来，村庄安静而古朴

第四辑　光阴篇：

//流年偷换，变了的是容颜，不变的是一颗少年的心

第五辑　田园篇：

//瓜棚豆架雨如丝，我还记得你隔着土墙喊我的名字

独乐之法

第一辑

* 器物篇 *

三叶虫苏醒，
一双透明的翅膀
扇动记忆的风潮

·丈量时间的方式

◎**打尺**：木棍为尺，短者为尺公，两端削尖；长者为尺母，尺余；原地画方格为城。以尺母击尺公，跃起一击，受罚者掷城为赢。否，续就地击打，适合两人以上，以及多人玩耍。类似于古代捶丸而不同法。

天冷，白毛风暂时在河道里趴窝，男人们躲在房子里抽纸烟、斗地主，没几个赢头，好歹能凑上一顿酒。女人们更喜欢串门，有的抱着孩子，有的拿着没纳完的鞋底子，大姑娘小媳妇叽叽喳喳搅成一锅粥。孩子们喜动，绕着村子可着嗓子喊一圈，屁大会儿工夫聚集成一帮童子军。

这时候的乡间，孩子最为生动，二蛋穿着他姐穿小了的花棉袄，头发长长，没见过的还以为是谁家小妮。路人说，疯妮子，跟一帮野孩子玩儿。二蛋回敬，你家妮儿裤裆里长小鸟啊，呲你一身。说完竟当场掏出家把式在雪地上撒了一泡，尿热雪凉，瞬间完成一幅地图。

打尺是最耗费体力的游戏，不过能催逼出身体里的热能。那会儿穷，光膀子穿个破棉袄不是什么稀罕事儿，我穿着一双露脚趾的单鞋在雪地上直跳脚，脚底板子还是冻得生疼。人少，可以你我开战;人多了一分为二,各自站在各自的“儿童兵团”中。

打尺的规则首先是考,就像当下的高考,能力所及,考过考不过去全凭个人能力。至于替考,高科技作弊那是时代派生出来的事物,我们那时更为崇尚的是透明、仁义。二蛋是打尺的高手,觑准地上的尺公,尺母一敲一抽身,啷的一声击在尺公上,可以五十米开外去找。分组,有时剪子包袱锤,有时全凭个人关系,我弱,当然喜欢和二蛋在一组。

有关尺公的由来可追溯到明代,当时的古秦州盛行一种叫打梭的游戏,大街小巷,随处都可以见人在玩打梭。明代刘侗《帝京景物略》中记载:“二月二,龙抬头……小儿以木二寸,制如枣核,置地而棒之,一击令起,随一击令远,曰打梭儿。”打梭与打尺的区别只在于打击的工具,我们村用的是一根尺余的木棍,棍子要光滑、趁手,最好以桑木制成,有弹性。这边淡黄色的木棍一抽一甩,那边尺公已经凌空而起,在风中打着呼哨。而打梭的工具则是一块砍刀形状的木板,稍微降低了击打的难度。

二蛋打尺的经典动作是,用姐的花棉袄袖子擦一把鼻涕,左手一挥警示旁观者躲远点,以免伤及无辜。随后提提肥大的裤腰,一马蹲裆式敲击尺公,待尺公跳起,紧跟着一记重击,啷的一声凌空而去。这姿势我曾经模仿了好几年,到了也没得到真传,不是尺母打到一股迎面而来的白毛风,就是敲在尺公的尖子上,一拃长的尺公旋转如花,落在离身子不远的地方。

打尺需要一座城,代表我们孤陋寡闻,最向往的是梦想中的城市。城一米到两米见方,结构简单,既无壕沟也无城墙,用尺公在空地上画上边角,犁开残雪覆盖的泥土就好。

不过我以为那城更像一座小小的村庄,我们在村子里无比向往外面的世界,作别鬓染霜雪的母亲,头也不回,一头扎进陌生的城市。我十七岁离开村庄的那天早晨,一团一团的雾在村庄的胡同里、屋顶上奔跑,司鸣的鸡叫了最后一遍,又在枝头沉沉睡去。小河里的水面上也泛着浓浓的雾气,一只睡梦中的野鸭醒来,才发现脱离了同类的视野,扑棱棱扇着翅膀,慌慌张张飞起,飞向雾的最深处。

很多年过去了,二蛋在南方的某个城市混得风生水起,白手起家,竟然有了千万资产。有一天,我看到二蛋发的微信,头戴棒球帽,身穿白色休闲服,身旁还有两位穿着时尚的女子,手中执一把高尔夫球杆,才明白城与城之间的不同含义。

游戏结束,白毛风从河道里爬出来,继续在村庄里、田野中游荡。头顶,敞开的破棉袄,甚至我脚上的单鞋的破洞里,一阵阵冒着热气,有些通泰的错觉。抑或并非错觉,打尺的目的无非就是虚度一天的光阴,用游戏填补空白的童年,谁脚下的路通向未知的远方,谁的一生将要在村庄里偃旗息鼓,没有人能知道。

两只木棍,一只静,负责觑准光阴,以守为攻;一只动,负责寻找方向,以攻为守。

·角度与力道

◎**摔方宝**：以双纸折叠，多方形，北地小儿御寒之具。多秋日，三五集于宽阔场地，猜拳定先后，敞衣摔打，翻而为输。吾少力，多以角度取胜。

元宝是古时的一种货币，大多以金银制成，青铜做的尚够不上宝的级别，只能叫铜钱或者眼儿钱，不值钱。二马家后院挖出来一罐眼儿钱，长了铜锈，被一个走乡串户的古董贩子几十元收走。

我们摔的方宝，不是金银，也不是青铜制成，而是用纸。两张长方形的纸对折，折成四个三角插进去就是方宝。不过那就是我们的宝物，散发着陈旧气息的童年乡村没有电视机，没有无线网，更不用说可以玩N种游戏的电脑。

最好找一处宽阔的场地，地面要稍微平整，比如深秋之后的麦场，麦草垛孤零零地在秋风中站立，形成一堵温暖的墙。我们在背风处，脱下身上多余的衣服，只穿一件小坎肩，摩拳擦掌，准备来一场不见刀光剑影的血拼。

我以为方宝肯定来自元宝，清代江西官银常浇铸成方形，自道光以来江西一些府县的课税银锭便为此种造型，后来发展成官钱局银锭的固定器型,后人习称方宝。至于摔方宝,不妨想象成两位离乡背井的茶商,来到山东界面,庐山云雾、修水宁红、狗牯脑茶在红烛的微光下茶香荡漾,一人说:“贤兄,如此枯燥不如我们玩个游戏吧。”另一人说:“贤弟说得也是,只是何种游戏为好?”于是一人各出一块方形银锭,击反对方为赢。

昏昏然灯光下,银子叮当作响,一种游戏的流传,往往诞生于孤独与枯燥。

我们没有可供游戏的方宝,但有的是废纸片,随处可见的烟盒,放在膝盖上,横叠竖插就成了一只有角有棱的游戏道具。二马对方宝的痴迷,可从瘪瘪的书包略见一斑。下学期未到,课本、作业本早已不翼而飞,取而代之的是半书包方宝。上课,老师说:“二马,读一遍《秋天来了》的课文。”二马赶紧在书包里翻腾,找到一只方宝,拆开:“秋天到了,一群大雁往南飞,一会排成人字,一会排成一字。”下课,仍见“秋天”在大地上摔来摔去,像一片片不肯离开的叶子。

我对中意的事物怀有洁癖,譬如一只简单的方宝,也要折叠得整齐利落。纸烟盒,徐徐铺展,最好在枕席下放上一两天,然后用心折叠,尽管明天就有可能跑进二马的书包里。二马则显得潦草,好好的书本纸,愣是叠得七扭八歪,全然找不到一个棱角。所以,我常用纸烟盒赢来二马的书本纸,再返工,做成自己满意的形状。

摔方宝,玩的就是一个技巧。三四个人站定,用脚死死踩住自己的方宝,剪子包袱锤,宣布游戏开始。二马善于以厚制敌,书本纸取双数折叠在一起,我的纸烟盒爬上去无疑是蚍蜉撼树。只可智取。觑准方宝的一角，贯注丹田之力，于手臂，于方宝，几乎能听见纸烟盒扭曲变形的用力声，四两拨千斤，让二马大跌眼镜。赖五狡猾，摔方宝时我们都脱下外衣，唯独他穿着，说是娘说的，玩儿不许脱衣裳，脱了衣裳感冒，感冒了会死，死了会变成猪。赖五不想变成猪，解开扣子一看就不是正经来头，方宝的力量没有衣服扇的风大，被赢完方宝的二马骑在身子底下一顿胖揍，说下次说啥也要赖五脱掉衣服。

我写作全靠一套野路子，没有系统的阅读，没正规的训练，关上店门，抽完一支烟，顺手抽出一支笔写在一本小学生作文本上。我就会想起小时候摔的方宝，尽管作为薄薄的纸烟盒不具备呼风唤雨的本领，也能觑准不能轻易被发现的边角，脚踩地，头顶天，贯注丹田之力，凝聚成一场化雨的春风，吹开遍地野花香。

夜深沉，无人对弈的晚上我只和自己博弈，两只方宝，左右手，谁输谁赢都是我一个人的事情。

·独乐之法

◎**陀螺**：源于深宫之戏，其形微，手捻放于盘，而旋转。村庄陀螺，多为木制，老年梨树、枣树，取其坚硬、沉实，手旋放于地，以布带抽打，鞭笞而不息。旧称独乐，不如众乐，一人一陀螺，童年旋转而过。

有些时候我会陷入困顿之中，一个人的生活对我来说难免枯燥无味。镇街上的生活本来就很简单，各有各的日子与活法：有人善饮，每逢阴雨天邀上三五人到对面的汇源饭店喝酒，喝大了就抬杠，争论钓鱼岛能否收回，说普京也许是闲的，开飞机领着一帮鸟迁徙，后来脚步踉跄，回家蒙头大睡，第二天醒来照常迎接新一天的太阳；有人喜欢搓麻，牌九，老年娱乐室的设立提供了最好的空间，冬有火炉，夏有空调，面红耳赤间云雾缭绕，也就轻松度过了一天。

我被店拴住，被自己拴住，世界很大，有人想出去走走——前提条件是要走得起。我走不起，走了镇街上少一个剃头的，很多人的头毛会茂密生长，因而找不到一个适合收割它们的人。我被书拴住，眼睛落在书页上，一个世界蓦然开启，甚至比坐地日行八万里还要奇妙。最重要的，书带给我片刻的安宁，很多个片刻组成漫

◎ 村庄陀螺，多为木制，老年梨树、枣树，取其坚硬、沉实，手旋放于地，以布带抽打，鞭笞而不息。旧称独乐，不如众乐乐，一人一陀螺，童年旋转而过。

长的一生。我以为这种习惯的形成是有来历的,就像一句话叫“三岁看老”,我对此没有任何质疑。

陀螺是木头的,是简单与静止,是草木的肢解而衍生出来的边角料。在没有经过我的手之前,一小截木头不会想到自己的命运尚能旋转,还能旋转着向前奔跑,实现了一棵树除了静默还能行走的终极梦想。看见别人在村口抽打陀螺,忍不住好奇,想让父亲替我去做一只陀螺是不可能的,中风之后的父亲连卷烟都要我帮他,一枚纸片,卷成小小的喇叭口,舌尖一抿,给父亲点燃。然后,用菜刀开始削削砍砍。左手食指,有一块黄豆大小的伤疤,就是在制作陀螺的过程中留下的纪念。

——陀螺并不嗜血,快乐也不嗜血。一个少年的快乐与陀螺联系起来,旋转如花,构成村庄简洁的背景。

有关陀螺最早的记载出现在后魏时期的史籍中,当时被称为独乐,一个直径约 4 寸的圆盘,中间插一枚铁针,以手捻转,为古代宫女打发时间的玩具。我们村的陀螺没什么贵族气息,其用料一般无非是刺槐、枣木、在村庄生长多年的梨树,取其木质细腻,有分量感,才不至于让别人看轻了身价。

一只旋转的陀螺的全部身价就是能带给一个乡间少年单纯的快乐。苘麻,老河滩上遍地是苘麻,撅下一株,留尺余为柄,余下部分剖开,去杆、留皮,取其韧劲,编织成鞭,找一块平地,左右手交替用力,致陀螺旋转,而后开始鞭笞。

我想,一个人的生命亦如陀螺,小时候上学,长大了务工、上班、结婚、生子、买车、买房;再作一些包小三、换媳妇、照顾年迈的父母，两腿一蹬找阎王爷报到，没有消停的时间。也疲乏，也迷惑，也苦闷，也彷徨——但真的一旦停下来，更找不到方向。这是生活的悖论，一如陀螺的困惑：转，还是不转？这是个问题。

明朝时有一首民谣：“杨柳儿青，放空钟；杨柳儿活，抽陀螺；杨柳儿死，踢毽子。”可见当年娱乐活动还是比较丰富的，相较于今天屁大点的孩子就捧着一手机躲在谁家房子后面蹭 Wi-Fi，对正在生长的身体更有益处。我们村玩陀螺，简单地以时间取胜是一种；另外一种比较复杂，画地为城，以敲打陀螺的木棍为尺，丈量谁能将陀螺打转且移动得更远。首先报出你所预料的陀螺行走路径的长短，如果没能达到预先设定的尺度为败，反之下一回合仍由你掌控。

我比较喜欢的，是一个人走出家门，便将陀螺旋放在地上，一边抽打，一边走向村外。此时村庄与街道是虚无的，寒冷与自卑是虚无的，贫穷与困顿是虚无的，就像如今我在店里随手展开一本书，我会省略掉所谓出身与因为写作带来的一些缥缈的东西，我的眼里只有一行行简单的文字，在跌宕或者舒缓的情节中，我不过是一枚旋转走过的陀螺。我需要我一个人的鞭策，而非其他。我需要看见自己的旋转与时间擦肩而过，而非纠缠于彷徨与苦闷。我明白有一只虚无的鞭子在我的头顶挥起，在自由的旋转中寻找无法预设的目的地。

竹蜻蜓的历史可谓久远，在双手迅疾的搓动后升起在空中，而后自由落体，它看到了什么，听到了什么，与别人无关，最重要的是，一旦有了旋转与飞翔的契机，它就会紧紧抓住风的翅膀。

在英语中陀螺一词的翻译是回旋体，竹蜻蜓是，我用枣木砍削的陀螺是，在物体中高速旋转的原子、分子、中子是，脚下转动的地球也是。这是一个回旋的世界，当我们走到生命的尽头，是不是另一个轮回已经开始？

丢一只手绢在风中

◎**丢手绢：**类同于击鼓传花，不可推诿，不可中途断裂，所谓游戏亦有规则，打肿脸充胖子只为博君一笑耳。接力一词大略起源于此，时代变迁，万物皆有传承，东学西渐是为互补，丢丢捡捡，一方手绢为媒介之物。

洋人住在我们邻村，长得高高大大，推一辆崭新的大金鹿自行车，身子一边走一边摇摇摆摆。他来我们村相亲，女方是李轱辘家的小芹。四奶说不好，男人长得太高像秫秸个子，你看，还那么瘦，一阵西北风就能把他吹到老河滩上。四奶说话的时候，洋人正好掏出西装裤兜里的手绢，花手绢，上面好像绣了两只鹅——四奶说是鸳鸯。

我和洋人是同学，小学。洋人姓杨，叫杨义仁，我们喊着图方便舌头一卷省略掉了一个字就喊成了“洋人”。那时我上初中，洋人大我几岁，十七八岁，家里就张罗着给他说媳妇。自行车是借的，皮鞋是借的，西服袖子挽起来手腕上的手表也是借大表哥的。没办法，那时家家都穷，相亲总要穿得体体面面，只好东家借西家借，穿完洗洗原物奉还。

就那张绣着看似两只鹅的手绢不是借的。婚后很多年，小芹还在奚落当时的洋人，洋人伸出长长的手臂一指：“败家娘们，就这还不是把你娶了回来。”

这是手绢的现实主义价值，在村庄里代表干净整洁，有事没事，哼哼鼻子，用手绢一抹，然后潇洒地塞进兜里。我一直怀疑手绢的整洁性，没有鼻涕还好，手绢整洁如新；若是真的起到作用，一天下来，不知道窝藏多少住在纯棉里的细菌。这样的想法未免狭隘，从另外一层意义上来说，丢手绢的浪漫写实主义更让人期待。

丢手绢，是乡间小儿最喜欢玩的游戏之一。穿花棉袄的，脚上露着脚趾头的，扎冲天羊角辫的，流着鼻涕的，脸上涂得像一只脏兮兮的小花猫的，围坐在一起。剪子包袱锤，落败者噘嘴，而后笑容诡异，开始在外围奔跑，看哪个最是得意就放在谁的尾巴根上，佯装继续奔跑。有人在笑，有人在努嘴示意，发现者大惊失色，一骨碌爬起来追赶丢手绢的人。丢手绢者见缝插针，补上空缺，下一个回合继续。

西单女孩唱《丢手绢》：“丢手绢，丢手绢，轻轻地放在小朋友的后边，大家不要告诉他。快点快点捉住他，快点快点捉住他。”歌声迷离忧伤，闭上眼脑海中胶片般涌起那些泛黄的童年时光。据说，手绢源于黎族，由织锦先祖黄道婆带回故乡上海，并很快传到了中原。一块小小的纯棉织物，沿着历史的轨迹飘飘而至，在某个月白风清的夜晚抵达我们村。

依我看，所有的游戏都是一个小小的计谋，所有的游戏都在考验一个人的耐力与智慧，游戏所指，一个人的大脑要飞速旋转，才能在不动声色的较量中取得小小的胜利。托尔斯泰不但是文学大师，也是一位八卦高手。托尔斯泰说，有一次拿破仑要接见马尔科夫，他想通过这位公使验证一下自己的威名是否远慑俄国。于是掏出手绢，装作不小心丢在地上，期待马尔科夫能为之效劳。令人意想不到的是，马尔科夫识破了手绢的小小诡计，也掏出手绢丢在拿破仑的手绢旁，然后弯腰捡起自己的，并不管属于拿破仑的那条手绢。

这是两条智斗的手绢，在不动声色的博弈中显示出计谋与风范。我们村的手绢没那么复杂，顶多作为一个懵懂少年相亲时的道具，换取一位乡村少女的芳心。

击鼓传花的内质与丢手绢大略相同，只不过更适合成人。数人、十数人围坐在一起，鼓声响起，形式上的花朵在手与手之间传递。鼓声止，花朵开在谁的手里，谁就主动站出来，喝酒，或者表演节目。在浙江返回南京的大巴上，一群作家以一枚橙黄的橘子代替花，快速传递，我坐在车厢最后，以为有很长的时间可以静观其变，一不小心，橘子还是落进怀里。人笨，不会唱，不会说，恰从江郎山归来写了几句打油诗，我念："我望江郎他望我，回首兹去两不舍。江郎若有同行意，一线天眼自闭合。江山有待才未尽，我共江郎蹉与跎。枯灯有灵读黄卷，他日重逢斟且酌。桑麻把酒心未已，轻车已过衢水河。远望江郎山不语，尔予我笔走龙蛇。"

这是一种变相的开脱，由一方小小的手绢演变成熟透的橘子。剥开橘子塞进嘴里，酸酸甜甜。

泥模子，人样子

◎**泥模子：**拓泥为模，各种传奇人物谱，烧之为陶，而后贩卖于乡野。女娲抟土造人分两种：一种捏之抟之，为富人；一种摔打柳枝泥点迸溅，为穷人。吾村小儿，以泥拓人，不辨黑白，只图哈哈一乐。

泥是老河滩上的胶泥，豆腐李在老河滩上挖了一眼坑，取水坑里的水做豆腐。豆腐李说，活水做出来的豆腐才嫩，井里的水不成，寒，做出来的豆腐邦邦硬，能砸死个人。顺着坑壁拾级而下，胶泥像远年的页岩，层层叠叠，在讲述一条河顺流而下的历史。

挖来的胶泥需经过一遍遍的捶打、折叠，就像母亲和面，要的就是那股子韧劲。泥也像人，不经过摔打总是显得生涩，二大爷嘴里说的生坯子大概就是这个意思。经验来自我们村的瓦盆作坊，老黑叔在转盘旁坐定，手中的泥胎开始旋转如花，老黑叔喊：“泥生了。”狗剩就脱了上衣，喊着号子摔、踏，撒着欢儿地折腾泥巴。

泥模子我们也叫孩模子，长四五厘米，宽三四厘米，轻轻一握，江山在手。泥模子来自走乡串户的红胡子，他人长得比较矮，不知怎么就生了一部红色的胡子，弓腰，推着一架吱吱哇哇的木牛车，手中的拨浪鼓一摇，就唤来村里的大姑娘小媳妇，针头线脑、油盐酱醋，像变戏法从货郎车里一样一样拿出来。我们不关心这个，木牛车底部有个小木箱，一整个江湖都藏在小小的木箱里。

泥模子有花有草，有长着一只角的怪兽，但我更喜欢的是人物。《水浒传》《西游记》中的各色人物，以及《三国演义》里的刘、关、张，都不得不委屈地蜷缩在一只小小的木箱里。泥模子不卖，只换，烂鞋底、破棉絮、母亲梳头掖在墙缝里的乱头发，都能拿来和红胡子进行物品交换。后来我想，这大概就是小贩的狡黠，几只泥模子的价钱肯定比不上破烂的价值。

拓泥模子的步骤有些简单：揉泥，搓好泥条放在泥模子上，手掌轻轻一按，拓印完成。买来的泥模子大多是凹陷的，我们称之为母，后拓的造型凸显，我们称之为公。然后晾在窗台上，天气太干不成，会产生细密的裂痕，诸葛亮羽扇纶巾，脸上像是被人砍了几刀。最好是秋日，一天即可晾透。

接下来的工序有点麻烦，就是如何将一只泥模子烧制成陶。那时候用来做饭的燃料无非是秸秆和捡来的树枝，母亲当然不舍得，我只好怀揣“江湖”在一旁等待，做饭完毕，赶紧将张飞、刘备、林冲、阮小二丢进余烬里，埋好，并不管他们在火堆里如何喊疼。二哥在瓦盆窑上，我就有了烧制泥模子得天独厚的条件，每逢点火前，我都叮嘱二哥一定把我的泥模子放在风口上，这样烧出来的成色才最好，拿在手中把玩，声音圆润。

俗话说三岁看大，七岁看老，是说一个人在童年时就具备了成人的基本轮廓，孔融让梨说的也就是那么个意思。有一段时间我们放在窗台上的泥模子常不翼而飞，丢失的大多是成色较好的那种，就多了个心眼，专门看是谁顶风作案。李寨的李二，身体瘦弱，像《水浒传》里的鼓上蚤时迁，爬过我家低矮的土墙，在窗台上捡了几个转身就跑。他当然没躲过我的一记重拳，打青了李二的眼窝，结局是被母亲领着上门给人道歉。

风雪弥漫，林冲火烧草料场，三丈余的大火引燃了宋王朝的动荡江山。避官司，奔柴进，夜趱行，直奔梁山。做人难，老老实实做一个养家糊口的男人也难，若非高太尉使绊子，宋哲宗昏庸无能，也不会有一场逼上梁山的好戏，我们的泥模子也就缺少了精彩。

多年后的一天，我在镇街上的理发店忙活，听说派出所在集市上抓住几个小偷，赶集者买好的肉、油，放在骑行的三轮车里，走了一段路回头一看没了。卖布匹的正在招揽顾客，那边顺手抽走一匹布。老年人刚从银行取了钱，还没捂热，就被一把抢走。出去看，为首的是李寨的李二，还有本村的另外一个男人和两个妇女。我就想起来小时候消失的泥模子，想必这次肯定不止眼圈发青那么简单。

泥模子是一个人的初心，以最简单的方式启蒙。人样子是一个人在世上存在的模样，英雄不问出处，狗熊却有来路。

· 弹弓、弓箭、洋火枪

◎**火器三种**：所谓火器，有杀伤力，适于族间、国间征战讨伐，民生涂炭，鸡飞狗跳，天无宁日。我村火器非也，不爱红装爱武装的年代，常见一小儿腰别弹弓，背负弓箭，手执洋火枪，耀武扬威，几成乡间一景。而今少矣，一人一手机，皆作低头状，靡靡，毫无飒爽之姿。

20 世纪 80 年代，你常常会看到这样的场景：一个乡村少年，蓬蓬的头发，像顶着一头茂盛的野草。重点不在这里。不知从哪儿捡来一个红布条，紧紧扎在腰间。衣服，一眼就能看出是经过母亲改装的，橄榄绿，裤裆肥大，能装下一只老母鸡。即便这样，他也会满脸神气，高昂着大白鹅一般的头，从村庄里走过。还有一个重点，请注意此少年的腰间，不是一把桑木做的弹弓，就是一把铁丝制成的洋火枪，或者背负一张形意的弓箭。那阵势，煞似即将冲锋陷阵，或者一脸征尘刚从战火与硝烟中归来。

弹弓，是一把射星摘月的利器，用废旧轮胎割成窄窄的小条儿，末端系一块窄窄的牛皮。为了这个，当年的我没少费心，走遍了村庄的坑壕，好不容易找到一只没有鞋底的旧鞋子。那时不像现在，满村找不到一个穿皮鞋的人，所以难度显而易见。弹弓的弓架，用桑木制成，天然的枝杈，去皮，削去毛刺，试了试还算趁手。

如此，就可以上天揽月、下海捉鳖了，头上的野草一甩，英气跌落一地。

所谓弓箭，无非是从说书匠那里得到的启示，大破天门阵的穆桂英有，枪挑小梁王的岳飞也有，但凡英雄豪杰，都有一把上好的弓箭，背负在肩，临阵，大喊一声：蟊贼哪里逃。取箭，拉弓，百步穿杨，几乎一气呵成，要多屌就有多屌。我做的弓箭说来难以出口，老河滩的杞柳丛里选来一截柳条，柳柔韧，属于草木里的瑜伽高手，枝叶伸展，也能延伸出极易满足的快乐。所谓箭矢，是几根秫秸梃子，插在背后，看见虚无的敌人或对手，砰，射出十数尺远；或者，不是拉断柳枝就是扯断弓弦。

洋火枪的好处在于能发出实实在在的声音，骨架，是一根八号粗的铁丝，扭成手枪的形状，枪身，也就是所谓枪膛，全部以自行车链做成。为了这个我可没少犯愁，一直盼着家里的大金鹿车子出点毛病，最好是无休止地断链子，这样就能收集够做枪膛的素材。顶针挂在橡皮筋上，末端塞一枚火炮，然后将火柴头的药刮进枪膛里。邻居二泼在做这个动作时最为潇洒，拉送顶针，清空枪膛，装上火药，塞进火炮纸，瞄向天空，轰，竟然枪声嘹亮。

枪声在田野上嘹亮没人去管，关键是响的不是地方。那年我们已经上初一，政治课上，秃顶老张刚刚讲到武汉起义打响了辛亥革命的第一枪，轰，枪声真的在课堂上响起。顿时教室里弥漫着恐怖主义者的恐怖气息。秃顶老张把课本一甩："不想上滚出去，滚——出——去！"一字一句，比枪声更顿挫有力。随后撕碎了政治课本，漫洒如雪。却原来，恐怖制造者二泼正在给洋火枪上膛，说是等下课要震慑一下昨天要走他五毛钱又踹了他一脚的大个子刘黑汉。

我从小喜欢读书，参军入伍的三哥每次探亲回来，都要带回一些书：《毛泽东选集》《刘少奇文选》……不管能不能读懂，我都会坐在门前的石墩上手沾唾沫津津有味地看。应该是老诗人李瑛的《红花满山》，诗歌中的革命主义光芒在极大程度上引领了我最初的方向。“让我采一束带露的野菊/把它和我的诗一起/放在长城上/请接受吧亲爱的祖国/这是我献给你的/献给你的一片永世不渝的/爱情。”

我也想采一束带露的野菊，把它和我的诗一起放在长城上。那么就有了一个迫切的梦想，像三哥一样参军入伍，做一名守卫边疆的革命小战士，刚好也能满足当军旅作家的基本条件。但事情不会那么一帆风顺，我把从渔船上打工挣来的钱买了礼品算是贿赂，还是没能穿上日思夜想的一身橄榄绿军装。

很多事情就是这样擦肩而过，容不得你失落、后悔，甚至深深地绝望。当年的弹弓、弓箭、洋火枪，在一定意义上满足了一个少年的小小虚荣，与后来的浪漫英雄主义情结失之交臂变成了一声嗟叹。

还好，当不成军旅诗人，我还有乡村散文家可选。比如此时，我的每一个毛孔都有草木与田野的气息，这在某一方面充分证明了我革命主义的一面：生命不息，码字不止。

·风筝辩

◎**风筝：**战国时期木鸢的延伸，鸢飞戾天，很多游戏与战争有染，风筝藏诏令，只有谙熟主子意图的臣子能解。村庄里的风筝廉价，废纸、面糊，同样欢呼草长莺飞。我做风筝，离地三尺，是风小还是性本愚蠢，到现在不解。还好思想里有一只风筝，可飞越高山大海。

冰雪融了，桃花开了，我们村前的麦子，以雪为被总算度过了一个寒冷的冬天。我喜欢这个时节在田野上游走，东风苏醒，吹来草木的气息，远看村庄，还是荒芜的场景，树是秃的，房屋是秃的，三三两两的喜鹊站在单调的枝丫上，在朗诵春天的颂词。对于我来说，身体里的春天也正在苏醒，一场小小的风潮正欲席卷童年的水面。

要做风筝，还得去找木根爷。木根爷是细工木匠，不同于村里的粗木匠，只会做盛放死亡的棺椁。我惧怕那种莫名的黑，人一旦走进去，暗无天日，再也不会遇见青草离离的春天。木根爷做风筝，采用散发清香的松木，相对于松木，梧桐太轻，怕压不住一场冲破冰凌的春风，刺槐木太重，掣着线轴跑了半天，风筝飞得有五尺高。木线、彩纸、棉绳、糨糊，几乎就是制作风筝的全部素材。木根爷三下五除二做好，在我耳边悄悄说："去，把你娘纳鞋底的线绳偷来。”我嗯了一声，翻过低矮的土墙，从母亲的针线笸箩里找到一卷棉绳。

风筝起源于中国，被誉为“人类最早的飞行器”，如果当年发明风筝的那个人再努一把力，说不定发明飞机的功劳也不会被莱特兄弟抢去。在我印象里，这兄弟两个小时候肯定没少放过风筝，甚至爬上高高的悬崖，一个人坐在简易的飞机轮廓上，另一个狠命一推，飞机离开悬崖高高飞起。这是手足之间的信任，往往成就天大的事情。

我们的历史有点凌乱，需要仔细分辨，才能找到一根模糊的主线，比如有人总喜欢将一切找不到源头的事物，归根于出使西域的张骞，我看倒不尽然。有可能是一阵西北风呢，也能飘来植物的种子，扎根中原，从此就有了番茄、胡蒜、洋葱，猎猎的草木之风开始在中原大地上盘旋。西汉刘安撰写《淮南子》，记载了春秋战国时期的木鸢，大略是木根爷的木匠祖师所为，一代传一代传到木根爷手里。《资治通鉴》又记：“有羊车儿献策，作纸鸱，系以长绳，写敕于内，放以从风，冀达众军。”是说公元 549 年的一场战事，南朝梁武帝的臣子叛乱，将梁武帝困在南京的台城宫殿中，有人建议，把诏令藏在风筝内放飞出去，以通知援军前来营救。

再有一说是，主张墨攻的墨子用木头做成飞鸟的形状，研制了三年才算大功告成，但最大的毛病是太重，一般不刮台风木头鸟人飞不动。后来鲁班出现，使用竹子改进了风筝的材质，进而演变为现在的多线风筝，不管多大的鱼，多长的龙或者蜈蚣，都能一飞冲天。“墨子为木鸢，三年而成，飞一日而败”，很好地说明了每个人都有自己的强项，墨子兼爱、非攻只能做思想家，鲁班研究出来一套锛削刨锯的只能做游走四方的木匠鼻祖。

我想象着一只纸做的风筝在蓝天下飞翔，肯定心情特别愉快，还没有能飞那么高的纸，也没有能放那么长的线，更没有如此接近天空的木头。如此看来，只要敢想敢做，就能成为一个开天辟地的鸟人，别管翅膀是怎么来的，重要的是我已乘风翱翔，可以俯瞰神奇的祖国大地。

风筝爱好者中有两个出名的皇帝，不对，算上梁武帝应该是三个。史料载：公元 713 年，抢了自己儿媳妇的李隆基心情大好，不远千里跑到山东蓬莱，观看“八仙过海”的风筝放飞仪式，最终还是没有躲过命定的马嵬坡。还有一个，当是皇帝中的文艺高手宋徽宗，虽然治国稀松平常，但书法绘画样样精通，最奇的是编撰了最早的一部风筝专著《宣和风筝谱》，记述了风筝绑扎、绘制以及材料选用方面的诸多要素。就像现在的我，一个理发师不好好研究人间头颅，却天天坐下来写什么《乡间游戏》。

如今想起童年时的乡村种种，虽是游戏却勾连起生命中太多的话题，有时我想，或许是冥冥之中宿命的安排，让我作为一个混迹于市井的剃头匠，通过简单的劳动以果腹，给我无数安静的夜晚，可以像一只飞翔在夜空的风筝那样，既不脱离村庄的主线，也能看清乡土的全貌。

风筝在飞，思绪也在空中飘荡，木根爷走了很多年，我还清楚记得那天的场景。放风筝归来，母亲终于找到棉绳的去处，扬起还没纳完的鞋底就要揍我，我却被木根爷一把拉进怀里。

蹄夹上的灯火

◎**蹄夹火**：糟心，竟然也写成一款游戏。主要是暗夜中的一豆灯火，明明灭灭，衬托出一个人内心的孤独。青灯黄卷，书与灯火是最佳拍档。适合一个人，秉烛夜游，以微光照亮前途之黑暗，火光越小，黑暗越深，内心的小宇宙越是强大，直至油尽灯枯，方可死心。

火，是介于肉身与灵魂之间的表达，沉默的事物在时间中沉默，要有多大的勇气，才能点燃自己，瞬间升腾起摇曳的火焰。那火焰是有眼睛的，睥睨一切黑暗，孤独面对无边的旷野。那火焰是有脚的，或者说有一双无形的翅膀，沿着事物柔软或者坚硬的外壳蔓延。我甚至能听见火的喘息，鼓胀着胸膛，肆意吐露心中的怨气、骨气与豪气，直到火焰熄灭，跳跃的灵魂骤然缩小，让你以为火根本不曾来过。

火焰对我的启蒙，在一个薄薄的暮色，冷硬的风吹打着村庄，摇撼着光秃秃的树。临近春节——我对春节并没有什么太深的印象，无非是一件新衣，无非是母亲炸了一土篮用于祭拜先祖与神灵的吃食，无非是急促或者寥落的鞭炮声——我对这些都提不起什么兴趣。村口在杀猪，一口猪的命运就是在猪圈中由少年长到盛年，屠夫胡三拿眼一瞟，嗯，够秤了，拿索子捆上。被五花大绑的猪知道去日无多，拼命叫喊。但命运就是这样，不管以什么理由抵抗，也不能摆脱死亡。

死亡或许是一朵炫彩的花儿，或许是火焰在熄灭之后的一缕青烟，沿着炊烟升起的方向，直抵云深处。我在等待，从童年到少年我陷入无尽的等待之中，我觉察出日子的漫长，我看见时间在村庄静止的模样，不变的土屋，不变的每个人土黄的那张脸，不变的悲悲喜喜，复制出每一个相似的昼与夜。杀完猪、分完肉之后的人群逐渐散去，我在空荡的土灶前逡巡，找到一只猪的蹄夹，找到一小块被泥土脏污的猪油，塞进蹄夹里，我从绽开缝的破棉袄袖子上撕下一条棉绒，做捻，点燃属于我自己的一盏灯火。

火光明灭，在我的生命之途我总能找到启蒙的灯火，亲人是散落在夜幕上的星子，每一个人在从大地上消失之后都会找到属于自己的那枚星子，而后冷静地看我如何继续未竟的光阴。谷物是散落在大地上的火焰，每一粒都包含一个沉默的火种，我们吞咽，我们除了填饱肚皮还会填饱一颗感恩的头颅，于是每个人都在顶着火光行走，替代草木走遍田野的每个角落。而今盛年的我，几乎每日都在坚持着艰难的写作，我不知道写作的具体指向，甚至到死也不会明白文学终究给我带来了什么——名利？荣光？小小收获之后的志得意满？都不是，我是把文字当作火焰的，每一个字都具有自身的光芒，排列、布局，渐成燎原之势，照亮我每一个孤独的深夜。

无疑，在寒冷的冬夜里拥有一盏摇曳的灯火是有着具体的温暖的。我脚步踟蹰，一只手拢住火焰，一只手捏着那只尚有温度的蹄夹。走过二大娘门前，二大娘刚从门口转身，她等了一辈子也没能等到那个结婚九天就被拉壮丁入伍的人，有人说去了台湾，有人说在东北一座山下战死，就地掩埋。走过四大爷门前，四大爷家的那堆粪在冬日里蒸腾冒着热气，四大爷是一个一辈子与庄稼厮守的人，除草、浇地，光着脊梁碾麦打场，最后用积攒下来的钱给自己做了一口柏木棺材，属于低调的奢华。

我在走到我家门前的时候，把燃烧的蹄夹放在身后，老祖母一眼看出端倪，哄骗我说玩火尿裤裆，然后一把把我拽进怀里，乡村的夜算是正式开场。

北方信奉萨满的民族，视火为神灵，传说一个人早起烤火，因肆意捣动触犯了火神。后来无论家搬到哪里，用尽各种办法也生不起火。请萨满，萨满在旷野上点燃篝火，这时的火焰通灵，在萨满的舞动中肃穆、圣洁，极具威严。火是要告诉人们，在这个薄凉的世界上只有我才能给予你们无尽的温暖，只有我才能呵护村庄与生灵。我读《卖火柴的小女孩》，是在豆大的火焰中看见尘世的寒冷与孤独，大火炉出现了，圣诞树出现了，最后一根火柴照亮了全世界，小女孩看见了奶奶——这是大年夜，一个新旧交替的时刻，一扇扇透着光明的窗子却容不下一位孤单的女孩。

这时的火无疑是一粒粒闪烁的圣火，在给予人世最后一点温暖之后，照亮世间的丑陋与不堪。

正月初七送火神，我在记载火神的资料中看见分歧，一说祝融居住在南方的尽头衡山，是他传下火种，教给人类使用火的方法。一说万年以前的旧石器时代，燧人氏在离我们村不远的商丘钻木取火，成为华夏人工取火的先驱者。第三种说法更接近事情的真相，是说祝融原本是燧人氏的后裔，燧人氏发明火，祝融薪火相传，由此大地上的村庄进入漫长的农耕文明。

这些，当时的我们不懂。外祖母放下“玩火尿裤裆”的说法，看我从墙边抱起一捆秫秸，点燃，在噼里啪啦的鞭炮声中将火神送出村外。火神走了，沸腾的春节日渐消瘦，接下来又是一年春荣秋枯的时光。火神还在，给村庄以温暖，以自足，以明日的方向、暗夜的陪护。我呢，又一次从那个玩火的少年身体里逃逸而出，透过苍凉的暮色，看他一个人消失在村庄的拐角。

与木偶作别的晚上

◎**木偶戏**：一人、一帷幕布、一锣、一镲，几具木偶，大戏开场。木偶受制于人，哭笑由人，皆无内心真实表达，游戏耳。人则不可傀儡，受纵于幕后黑手，跳梁前行，终不得人生要义。输赢勿论，遵从自由心性，死无憾矣。

那时的天是透明的，即便是夜晚，星光也像被擦拭一新，点缀在夜空，一弯新月升起，挂在村口的老槐树上，分不清季节。其实记忆中的童年只剩下一个大致的轮廓，我需要一笔一笔用心勾勒，才能找到清晰的线索。

演木偶戏的老人，撩起青色的长袍大褂，钻进预先架设好的长方形帷幕里。我比较好奇，但又胆怯，只能幻想老人如何操作木偶的情节。不需要坐下，一场木偶戏即一段精彩的人世轮回，需要用心去演，不像现在的某些大牌，书没读过几本，也敢饰演经典故事里的角色，其生涩不亚于一个装腔作势的小丑，丧失了最基本的艺术精神。

有鼓声，有锣声，甚至有牧童的竹笛，一头犄角弯弯的水牛走上幕前，牛身上的牧童竹笛横吹，夜风吹拂摇曳的柳枝，竟如一脚踏入江南的春天。如此简单的画面叫假演，假演完毕往往请木偶戏的人家要站在旁边说上几句，说是添了新丁，大家同喜；说是殁了老人，松柏常青，驾鹤西游。总之，我们在贫瘠的日子里也能找到快乐的理由，借几个活灵活现的木偶，为简朴的村庄代言。

一阵催声鼓，一顿铜锣响，村庄里的男女老幼齐聚在大槐树下，看一场偶戏正式开场。张生夜会崔莺莺，墙下是粉红佳人，墙外是落魄书生，一架木梯摇摇晃晃，搭起了爱情之桥。这时多嘴的女人一般会伸出手指，说大闺女家家的真不知害臊，其实心里却想着少女时节的春情萌动，一片高粱地，一个麦草垛，完成从少女到女人的最初仪式。

我记忆颇深的是李逵打虎，相较于武松打虎更为惨烈，更让人寸断肝肠。背负母亲走了一路，李逵去为娘打水，年迈的李逵娘站在草木葱茏的山岗上，焦急等待，这时寂静的山林刮起一阵风，云生从龙，风生从虎，从对面的山林中钻出一只吊睛白额老虎，直扑向守望儿子归来的李逵娘。饿了一天的虎，饥不择食，一口将李逵娘吞下。李逵听见风声归来，暴喊了一声娘，和老虎撕扯。撕扯的过程是惨烈的，我能看见睚眦欲裂的李逵眼中流下的泪水，我能听见骨骼里的声响，人世最大的痛苦，莫过于失去朝夕相伴的亲人。

后来看《水浒传》，才知道是木偶老人的改编："话说李逵将水取来，到得松树边石头上，却不见了娘，只有朴刀插在那里。李逵心头一惊，忙连声叫唤，却无人回应。李逵顿时心慌，忙丢了香炉提上朴刀四处查看，只见不远处的草地上有团团血迹。李逵见了，就趁着那血迹寻去，寻到一处大洞口，只见两个小虎儿在那里啃一条人腿。却不是老娘的尸身是什么？"

可见艺术改编一法因视角不同会产生不同的艺术效果，只是虎口夺娘太让人受虐,致使我很长一段时间常常从梦中醒来,紧紧抱住母亲,害怕某一天到来的生离死别。

木偶戏的起源可谓悠久,源于汉,兴于唐,在我们开始大踏步走向新世纪时销声匿迹。我不知道,这是木偶的悲哀,还是人类的悲哀。千年陪伴,一个个木偶在浓密的夜色中转身,回到一个孤独的所在。

郑板桥是一位奇人,在我们山东范县当过县长,我在十九岁那年喝过一瓶以"板桥宴"命名的白酒,辛辣、火热,狼奔豕突般在一座北方小城的夜色中流窜。后来又读到郑县长的一首诗:"笑尔胸中无一物,本来朽木制为身。衣冠也学诗文辈,面貌能惊市井人。"恍然发觉木偶的另外一层身份:傀儡。

傀儡一词是指不能自主、受人操纵的人或组织,也是木偶的源起。一个不能以真面目示人的人是悲哀的,一个只做傀儡的一生是失败的人生。金钱、权力、股票、车、房、美人,是一根根无形的绳子,在操纵行走坐卧。所谓悲伤与快乐,也是背景里的发声,不能勾连个人的神经。

任半塘在《唐戏弄》中说:"傀儡戏中,专以人生为主题,以老人为主角,散场之后,致使观众兴此生与一世之感,其有故事、有情节,有相当效果,不仅作龙钟踊踏,以博浅笑而已。"可见偶戏教化功能之一斑。

但木偶无罪,亦无知,一阵散场锣响,星星还是星星,月亮还悬挂在草叶间的露珠之上。所谓"志于道,据于德,依于仁,游于艺",我只不过和一个远年的木偶作别,惺惺相惜,从此依附于个人的灵魂,再不做傀儡之戏。

猪尿泡里的江山与阴阳

◎**猪尿泡**：此物神奇，有亲戚介绍，猪尿泡七，入水煮熟，可治尿床诸症，惜年少时未遇。尿泡，猪膀胱也，新杀年猪，取下，置于案上搓揉，弹性可比避孕套，可吹至冬瓜大小，踢、扯、拍打不破。乡间足球、篮球、气球，合三为一。只是有尿骚之气，可以省略。

要看杀猪必须要等到过年，腊月二十几，屠夫胡三腋下掖了一把杀猪刀，摊开帆布包，青锋凛凛，寒意森森。猪不像羊那么好脾气，别看日常躲在猪圈里哼哼几声就倒头睡去，到了这一天也多了几分小心，一边眯着眼睛，一边瞄着在院子里准备给猪行刑的人。老祖母慈悲心肠，从鸭圈里摸出一个大鸭蛋，磕开，倒进猪食槽子。猪晃了晃没动，再耸一耸鼻子，禁不住鸭蛋的诱惑，爬起来，一口舔进嘴里。

猪的憨态最容易让人想起老实人。昨天看《欢乐喜剧人》，一男一女装扮成两只猪，开始女猪和男猪抢食吃，男猪让着她，没过一段时间就吃得脑满肠肥。画外音：这只猪肥，过两天杀了吧。冷不防让男猪听见，后来的日子，男猪拼命跟女猪抢食，绝不相让。女猪悲痛万分，想这相濡以沫的时光那么快就过去了，没想到男猪如此容易变心。过年了，主人没商量，把吃肥的男猪绳捆索绑，拉到我们村村口，能听见屠夫胡三抽刀的声音，冰冷，一如绝响。女猪肝肠寸断。

我们村的猪倒没有如此儿女情长，一路嚎叫奔赴菜市场，一声叫尚未喊完，憋在嗓子眼，一股鲜血喷出三尺远。生命如此短暂，直让人担心是应该吃肥还是往瘦里吃，肥了早走，瘦了晚走，不一样的路程，经过的都是月白风清的乡下时光。胡三拎一根长长的铁钎子，顺着猪腿插进去，抽出来，在猪腿上撕开一个小口，往里人工打气。两袋烟工夫，猪身圆滚滚，系住以免漏气，抛进一口大铁锅。大铁锅里咕嘟咕嘟冒着热气。

褪完毛的猪一身光洁，宛如刚出生的婴孩，单等着开膛破肚。我们等得焦急，蹲在胡三后面一直献殷勤，端茶倒水，为的就是等待梦中的猪尿泡。那时货郎车上的气球还是稀罕物，况且易破，砰的一声，欢笑跌落在地。还是猪尿泡，厚，有韧劲，放在案板上揉，将弹力揉到最大极限，然后敷以猪油，一口气能吹到冬瓜大小，可抛，可踢，也可留待来年夏日戏水，充当绝好的救生衣。

用猪尿泡当救生衣不是我们的发明，《青溪暇笔》载："太宗以北兵渡淮时，无一苇之楫，有人于囊中取干猪脬十余，内气其中，环在腰间，泅水而南，径夺舟以济北军。"说的是明太宗朱棣横渡淮河，一只小船也没有，就依仗着十几个猪尿泡，泅水而过，看来可作传奇，可叫猪尿泡渡来的江山。不知后来郑和下西洋，是不是也带了很多猪尿泡，以备不时之需。

屠夫胡三庖丁解猪全在两把刀上，尖刀剔骨，砍刀将猪肉分成若干条，无论再穷过年也要割几斤猪肉回家，包饺子，红烧肉，也能把简单的乡下年景过得像模像样。我最欢喜的，大概就是能得到胡三一把揪下丢过来的猪尿泡，也不说声谢，撒丫子就跑，拼着力气将童年装进一只渐渐膨胀的猪尿泡里。

李时珍不只踏遍山野，尝遍人间百草，不知道从哪得来的灵感将好奇心转到一只猪尿泡上，得出“气味甘，咸寒，五毒；可治梦中遗溺，疝气坠痛，阴囊湿痒，玉茎生疮”的结论。至于疗效，村医杨驼子曾开出药方交给母亲，说七只猪尿泡，水煮，不加盐，喝下七天就好。说的是可治我小时尿床。果不其然，七天之后床单上再无抽象派画法的地图。

隐隐地，我却感觉一只猪尿泡潜入体内，以甘咸调和阴阳，以节制应对世事哗变。

一根绳子的日常

◎**跳绳**：代表性健身游戏，去广场舞之嘈杂、钢管舞之情色，人数可多可少，可一人于室中，或大汗淋漓，或轻捷如鸟。而今人宅之成性，跑步机、单双杠、按摩椅，多成摆设，肉体废矣。何如跳绳，节约、环保，符合中国梦之主旋律，善莫大焉。绳义为索，多为现世之累，沾染斑斑泪痕，呜呼哀哉！

泥碗长得瘦小，泥碗一个人在日光下跳绳，泥碗身上不知从哪弄来的斑斑点点，真的像老掌爷爷说的不知从哪儿钻出来的泥孩子。有人说："老掌爷爷，泥碗不小了，到了该上学的年纪。"老掌爷爷就叹了一口气，说："上，来年就上。"泥碗的跳绳技术蛮好，反手跳，正手跳，侧身跳，打着画圈儿跳，将一根绳子舞出了风。泥碗是老掌爷爷的孙子。

跳绳游戏的来源有些飘忽，一条翻飞的绳索在日光下舞动了几千年，时间就打着滚儿在大地上流淌了几千年。"俗说天地开辟，未有人民，女娲抟黄土作人，剧务，力不暇供，乃引绳絙（读耕，粗索）于泥中，举以为人。故富贵贤知者，黄土人也；贫贱凡庸者，引絙人也。"是《太平御览》引《风俗通》之语，意思是女娲娘娘抟土造人感觉太累，就把一根粗麻绳在泥水中甩来甩去，这样造出的人未免低贱，称为絙人。絙通耕，意即天生就应该在田野上劳作的人。而那些抟土造出来的黄土人，因为付出精力较大，便成了富贵之人。

对此我是怀疑的——肯定是统治阶层玩的小把戏，愚民。但现实形态上，确实存在不容置疑的区分。老掌爷爷有四个儿子，如今都已成家立业，男人出门打工，女人留守在家，孙子辈的，数泥碗最小，是老四家的孩子，泥碗娘傻，除了做饭时在灶里填把柴火啥也不会，剩下的日子就在乡间游荡。所以，大多数时间泥碗跟着老掌爷爷过，爷爷偶尔会带着孙子捡破烂，就这么不紧不慢地熬煮日月。

高承《事物纪原》卷八有“百索”条目：“续汉书曰：夏至阴气萌作，恐物不成，以朱索连以桃印文施门户。故汉五月五日，以朱索五色印为门户饰，以难止恶气。今有百索，即朱索之遗事也。”说到了夏天时阴气上升，恐怕影响到家里人的健康，地里的庄稼生长，就用红色的绳子坠上桃符，挂在门框上，有辟邪的作用。我们村的跳绳，大约来源于此：看见门框上挂着一根鲜艳的绳子，便有了取下来跳绳的冲动。那时可以用来玩耍的玩具实在少，一帮孩子聚集在村口的麦场上，摩拳擦掌，热身，随时准备开始一场跳绳比赛。有单人跳：一人跳，一人查数，直到绳子绊住脚，换另一个人上。有双人跳：一人跳动，另一人觑准时机，钻进绳圈中。有多人跳：绳子要长，从谁家拿来的井绳，两人一甩，忽忽生风，一个人、两个人、三个人……直到绳子的空间再也容不下，且跳且歌，可以玩耍至大汗淋漓。

跳百索与跳白索是跳绳的两种称谓，就像孔子名丘字仲尼，其

◎ 多人跳，绳子要长，从谁家拿来的井绳，两人一甩，忽忽生风，一个人、两个人、三个人……直到绳子的空间再也容不下，且跳且歌，可以玩耍至大汗淋漓。

实说的都是一个人。百索形容舞动时的绳子，明朝的《苑署杂记》有明确记载：“以丈许长绳，两儿对牵，飞摆不定，难以凝视，若百索然，其实一索也。”而跳白索，也能找到相应的出处，明朝时《帝京景物略》中说：“二童子引索略地，如白光轮，一童子跳光中，曰：‘跳白索’。”可见风物一事，自古以来都有人在收集整理，如此我们才能在飞逝的时光中找到一条绳子曼舞的轨迹。

泥碗不知道爸爸什么时候回家，泥碗已经习惯了和老掌爷爷相处的时光。有一段时间，爷爷病了，嘴歪眼斜，从医院出来就剩下半个身体。泥碗拉爷爷的另一只手，说：“爷爷你再打我，你能打我了就好了。”爷爷咧着嘴笑，嘴里含混不清，说：“不打，不打，泥碗听话。”泥碗是听话，爷爷躺下睡觉的时候泥碗就在院子里跳绳，把一条细细的绳子跳出了风，跳乱了光影，眼前会出现大娘、二娘不高兴的两张脸：“一老一少都不让人省心，死了算了。”泥碗隐隐约约知道死，就是大雪漫天时唢呐响起，一个能说能笑的人被一锹一锹的黄土埋进土里，深深的土下会不会黑，会不会冷？

我不该把一条绳子的日常描写得太过阴冷，在乡村，绳子是用来捆缚庄稼、从井里打水，最起码也能带给一个乡村少年小小快乐的事物。但不知为什么，落笔时脖子会有一种被勒紧的错觉。没有多少年，曾经炊烟茂盛的村庄渐变为空荡，村子里的人沿着蜿蜒的乡路越走越远，只留下一座座空荡荡的老屋，只剩下几位眼神空洞的老人，和翻过土墙冷冷的风。

《金瓶梅》在第十八回使用了“跳马索”和“跳百索”两个名字，指的都是跳绳。也许古人是受到军事活动的启发，在绊与避绊的军事训练中,改骑马跨过绳子为单人跳绳而过,以此来对付绊马索。

不知是什么绊住了老掌爷爷风烛残年的命,他最后审视了一下住了几十年的老屋,用一只手将那根细细的绳子扔向房梁,单手打了一个死结,嘴唇嚅动:泥碗,泥碗。这时的天空阴暗,一根普通的绳子不能拒绝被死亡接手。众人赶到时,泥碗靠在门框上,不哭也不闹,眼睛死死地盯着那根绳。

土陶罐里的梦

◎**存钱罐儿**：也叫扑满，满则扑。扑是打碎，就是将存了钱的罐子打碎，用来度过眼下的荒寒。我一生无财运，一手挣，一手花，倒也难得其乐。想人世赤裸裸来、赤裸裸去，一只瓦罐又能容下多少？非不爱财，『君子爱财，取之有道』，悭囊也好，闷葫芦也罢，不吃嗟来之食。梦也可以储存，如古莲子，一旦重见天日，让生命化作那朵莲花，功名利禄全抛下。

天灰扑扑的，一条沟渠通向不远处的小集市。省略了父亲和母亲，在我的记忆里，童年几乎是我一个人的，家里的每个人都在忙，都在挣命，无暇顾及一个到处游走的野孩子。好像是秋天，记忆中极不容易忽略的多是秋天，秋天天高地阔，秋天长风万里，秋天的萧索正好符合我沉默讷言的秉性。扒开枯萎的茅草，沙质的土壤很容易松动，有钱，一分两分，一毛两毛。我不知道小时候为什么总做捡钱的美梦，就像此时，难以压抑心中的激动，有了钱就可以买好看的画册，有了钱就可以买好吃的食物，还有什么是钱不能解决的问题？那时的我还真的没有去想。

一个乡下孩子最大的梦想就是别人家的孩子有吃的有玩的，自己也有。我没有，我只有梦。二哥在村东烧制陶盆，利用工作的间隙给我捏制土陶罐儿，下面有腿，上面是身，身后有尾巴，头上有鼻子，上下粘和，就成了一只小猪形象的储钱罐儿，用树枝画出耳朵、鼻孔、眼睛、嘴巴，憨态可掬。我也憨态可掬，把烧制好的土陶罐儿拿回家里，放在床头上，一分、两分，储蓄着有钱人的美梦。直到今天，我仍觉得童年的那只储钱罐空空荡荡。

我不可能有什么储蓄，母亲把鸡屁股当银行，每逢集市，提上几十枚鸡蛋去卖，卖了买回油盐酱醋，也就换回了一家人简单的日月。我上学用钱，母亲就说："记着，拿小本记着，看你到底花了多少钱。"说实话，这是我最反感的一句话，隔壁的合子娘，也拿这个说事："你看看你娘，老跟孩子说什么钱啊钱的。"我就觉得合子娘对，就觉得合子是村子里最幸福的人，合子要买什么东西，只要一张嘴，合子娘就会大大方方地说："乖啊小啊，我给你拿。"我没想当时的家境，母亲一个人掌管着那么多张嘴，父亲治病也要钱。

我上学，建立在二姐、三姐不上学的痛苦上。大哥、二哥出了远门，三哥当兵，大姐嫁人，母亲就说女孩子上学没啥用，早晚嫁人。钱的诱惑，主要来源于那些馋人的小食物，玉米棒、瓜子、又酸又甜的橘子水，想到就让人流口水。就撒谎，说买笔、买本，小心翼翼把钱捏在出了汗的手心，出校门，在小卖店买几块糖、一毛钱的瓜子。那个香啊，至今不散。

储钱罐的鼻祖叫扑满。两千多年前，先民为了储存之便，将节约下来的方孔圆钱投放进储钱罐，以备不时之需。只能是陶，在村庄，在历史曲曲折折的航道里，土陶作为取材最为方便、工序最为简单的器物陪伴着先民前行。汉唐的月光下，一位勤俭的母亲将用度之资与结余分开，叹了一口气，将铜钱"叮当"一声投进陶罐里，就密封起一个属于烟火人家的小秘密，钱不多，既不招贼，自家人也不会惦记，逢上青黄不接难过的坎儿，满一一而扑碎在地上，用作急需。

作为储钱的陶器，扑满的形制不一，仿猪、仿羊、仿牛马，皆为亲近人类的生灵。最早的记载，见于《史记》，有悭囊、闷葫芦的别称，悭为吝啬，吝啬的囊，许进不许出；闷葫芦，不说话，由汉而唐，直到我们贫穷的小村庄，始终保持着讷言的秉性，如我。

我爱钱，我相信很多人都爱钱，要不，不会有那么多人三更睡五更起，颠仆在路上。在金州，一间不大的小棚屋，我居住了51天，刚开始还好，在汽车队装卸水泥，一袋100斤，上上下下，一天要搬运几十吨，衣服结成块，鼻涕结成块，晚上躺在床上咳，像一个患了哮喘病的老年人。调度看着不对，说我身体单薄，可以到汽车队上班，每天查看轮胎，看看油箱，就是刚开始工资有点少，150的工资，吃了上顿没下顿。一个中意我的女孩来做客，外面下着雨，人不留人天留，吃了一顿烧土豆。女孩说："爱情是什么？"我苦笑："爱情就是烧土豆。"去你的烧土豆，从此后那个女孩再也没来找过我。

《西京杂记》上说："公孙弘元光五年，为国所推，上为贤良。国人邹长倩赠以扑满一枚，云：'扑满以土为器，以畜钱。背有入窍而无出，满则扑之。土，粗物；钱，重货。入而不出，积而不散，故扑之。上有聚敛而不能散者，将有扑满之败，可不戒欤？'"一番话说出了为官做人之道：人可以有钱财的欲望，但不能太过贪心，随便收受来历不明的资财，到最后，满了扑了，万贯家财皆散。现在可以作为反腐倡廉的经典教材，用来教育广大党内外人士。

我可能是延续了童年的梦，小时候在茅草窝里能翻捡到一分两分、一角两角的钱，所以落下一个剃头匠的结局。这也没什么不好，不偷不抢，顾客上门，一通洗剪吹，照镜子还算美观，给钱走人。一元、两元，集腋成裘，日子倒也宽裕。我又抽烟又喝酒，烟是弹指间尽显将军本色的红将军，物美价廉，一篇文章下来也抽不了几支。酒有点讲究，价钱勿论，但一定要高度粮食酒——我不酗酒，跟小说家、散文家、诗人皆有觥筹交错，能让我喝趴下的还没几个。

我最大的开销在书上。上了一年高中，别人没见过的文学刊物我也订，钱从哪儿来？当然是撒谎从母亲的鸡屁股银行骗来的。我说要，母亲面有难色，出去借，也能满足尚算高尚的小伎俩。《诗潮》《散文》，老师讲课，我在下面装模作样。

日子渐渐好起来，日子总会好起来。我相信自己，在家里种田能成为一个及格的农民，给人剃头能算得上一个合格的理发师，展开纸来写文字，能把自己想要表达的情绪传递给阅读者。这是一个不小的进步，至少我没有辜负生我养我的父亲、母亲，至少我没有辜负脚下的那片土地。买书，早年的阅读贫乏让我有了一种类似饥渴症的表现，每当在阅读的过程中看见一本他人说的好书一定要买到，杂志一年十几本，各类文学书籍每年两三千，看上就买，买了很难读完，读不完也还去买，似乎掉进书的陷阱。

书是钱换来的，吃穿用度也是钱换来的，尊严不是，所谓面子不是，一个人在世上行走如果只剩下金钱，除了疲累我想不出还有更好的结局。我可能还会继续童年的梦，在零积碎攒中得到小小的满足与欢乐。童年的那只储钱罐空就空了吧，谁能说，不是为了积攒未来的梦？

借一片老瓦度化此生

第二辑

启智篇

屋顶上的男孩，
身披蓝色月光，
唱老祖母教给的歌谣

·今朝风日好

◎**抓子儿：**风日晴好，取猪羊拐为子儿，四枚，沙包一。丢沙包而抓子儿，接住沙包，分以拐面记，十百千万。多少少女围坐磨盘，嬉笑往来，拐落石而有声。溯源明代，子儿多以『象木银砾为之，竟以轻捷』。与我村工具有别，而质同。

善良者的命运总是有些悲惨，比如我们村里的羊们，轻易不得罪人，到最后还是免不了挨上一刀子，进入滚沸的铁锅，被煮成一种叫羊汤的美食，可供整个春节招待客人或者一家人享用。按说这也没什么不好，一头盛年的羊，见过老河滩上的花花草草，坐忘过风中的流云，与邻家的黑花母羊有过耳鬓厮磨的美好时光，走就走了，看一眼卧在墙角咀嚼青草的羊羔，走得坦坦荡荡，美味飘荡。

羊腿上的关节叫羊骨拐，像自己的母体，长得比较秀气。猪腿上的骨节叫猪骨拐，长得歪瓜裂枣，一看就能想起猪走路时的模样。抓子儿适合用羊骨拐，一只沙包，四个骨拐，等于拥有了抓子儿的全部密码。这种游戏比较细腻，适合乡间女孩儿玩耍，当然，大言不惭地说，我小时候也长得偏向于秀气，所以总能跟女孩子凑在一起。跳猴筋不成，动作太笨，往往一个回合还没下来就惨遭淘汰；抓子儿么，我从小手指较长，不算纤细也能灵巧掌握抓子儿的技术性动作。

今朝风日好，适合抓子儿。村口的石磨盘上是最适合抓子儿的地方。暑气正盛，从小树林里捉完知了，又悉数放飞到树上，为的是过了几年还有知了可捉，不像现在，一到知了猴出洞的季节，小路上，河道里，村前村后，到处是密集的灯影人影，可怜的知了猴刚一出洞，正准备刘翔般跨栏式奔跑，就被捉进塑料瓶里，成为他人的腹中之物。

有关抓子儿的考证可追溯到史前时期，在乌克兰基辅地区人类曾经居住的洞穴里，有人发现抓子儿的物件。古希腊陶罐上也有抓子儿的图案，可见，一种游戏的流传史也是一部人类的发展史。那时居住在大地上的动物很凶猛，男人出门渔猎，怕老婆孩儿在家孤单，于是丢下几只狼或其他动物的骨拐——肯定不是恐龙或猛犸象，它们的骨拐适合做舂捣药物、食物的臼，放在洞口的空地上，月圆时分飘出清苦的艾草香。

我们村抓子儿的规矩是：骨拐的阳面朝上代表五分，朝下代表十分，立体的阳面代表百分，立体的阴面代表千分。如果谁有能力让骨拐竖长立起，并且能再次抓起，基本上胜局已定。我玩抓子儿常常陷入分数的迷惑，就如后来上学，数学一直学不好，这辈子也做不了数学家。

在中国，抓子儿最早出现记载的是明代，《帝京景物略·春场》中记："是月（正月）也，女妇闲，手五丸，且掷且拾且承，曰抓子儿。丸用象木银砾为之，竞以轻捷。"足见那时抓子儿的工具比我们村的要高级许多。莺飞草长，女人们坐在树荫下，一边嬉笑，一边将手中的沙包高高抛起，抓起百千万，嫁个好人家。

命运总归是个很奇特的玩意儿，像游戏，让人看不透结局。常与我抓子儿的两个女孩一个叫红，一个叫曼，红有些笨拙，曼更乖巧。20 世纪 90 年代，两人十几岁时，跟随一辆拉货的解放牌汽车一起去了东北。后红返，嫁到邻村，一口气生了三个女孩儿，丈夫不满意，半道捡回一个女人，形同夫妻住在一个屋檐下，直到生了一个儿子才放女人走，现在一家人其乐融融。曼的经历比较曲折，一开始找了一个国营单位的小领导，做地下夫妻，后嫁给一个大学生，现在某座国际化都市经营娱乐城，返乡，环佩叮当，当年抓子儿的石磨盘也惊得打了一个激灵。

曹雪芹《红楼梦》第六十四回写道："宝玉遂一手拉了晴雯，一手携了芳官，进来看时，只见西边炕上麝月、秋纹、碧痕、紫绡等正在那里抓子儿赢瓜子儿呢。"却原来世界就是一座大观园，肥马轻裘过，燕瘦环肥毕，落了片白茫茫大地真干净！

吹肥皂泡的少年

◎**肥皂泡：**『世间无常多少事如梦如幻如泡如影如露如电，佛性妙有古今来不生不灭不垢不净不减不增。』为佛教联语，可谓看破红尘，万物皆空。而人长存幻念，泡迎风起，追逐不止，此为执念。是梦，做做就好；非梦，该来会来。

肥皂泡的魔幻大多来自臆想，我翘着腿爬上低矮的土墙，吹出一个个彩色的水泡。水泡，以水的方式张力一座老旧的村庄，我看见烟囱鼓腹、变形，袅袅升起的炊烟有了虹一样的色彩。沿着这条炊烟的虹桥，是否能够到达未来？这不是一个乡村少年能判断的事情。现在，我在渐渐鼓起的肥皂泡里看见的是另外一个世界。老屋华丽而夸张，白毛杨挺直的躯干开始扭曲，一只蹑手蹑脚走来的猫，在靠近肥皂泡时拥有了猛兽一样的体量。

这是瞬间即逝的事情，法国画家西蒙·夏尔丹在创作《吹肥皂泡的少年》时大概也是如此心境。窗户打开，一位优雅的 17 世纪的平民少年伏在窗台上，一根长长的吸管，将无聊的心绪用肥皂泡表达出来。旁边是一位更小的孩子，正用惊奇的眼光注视一个圆圆的水泡。

文学的身份有些可疑，从诞生之日起就沦陷于争辩的沼泽，一个人如果闲来无事，或者天生的某些不安定因子，发酵、萌芽，散发出迷幻的气味，那么他就会开始尝试用手中的笔来描摹世界。起码我是这样认为的。日子平淡如水，只有在加入一些诸如肥皂、洗洁精、洗衣粉的外因时，才能扩张梦想。就如现在的我，从冗长的劳作中抽身而出，试图通过一个个少年时的肥皂泡，管窥光阴消逝的隘口。

我做肥皂泡，纯属无师自通。推木牛车的货郎小贩消失在阡陌上，我默默转身——在对苦难的表达上，我从来缺乏深刻，就如一个年迈之人不能总是倚老卖老。不能得到的，我会和平常乡下孩子一样希望得到。不同的是，他们哭泣而我不会。仅有的肥皂放在压水井旁，这是我们用来清洁手脸唯一的洗涤用品。一只芦管，搅动白色的液体。没有风，我需要爬上低矮的土墙，这样才能使肥皂泡飞得更高、更远。

其实，这也是我的臆想，虚构出当年的快乐场景——很多次制作失败，只是因为我不懂肥皂水的配比，没有像杨小全那样去找村医杨驼子。杨驼子背驼得厉害，背部一个高高的隆起装了很多外祖父传授的中药方子。治痢疾，治头疼发烧，治牙疼、癞痢，无所不能。杨小全的二大爷杨驼子正在研磨中药，弥漫的药香传递出隐隐的乡村之疼。我很不好意思开口，杨驼子转身倒出几滴甘油放在我掌心，说够了，兑进肥皂水就能吹出不分个的泡泡。

后来我才知道，做泡泡水也有独门配方。第一种配方：甘油、水、肥皂，比例适当。第二种：甘油、水、洗衣粉，与肥皂大同小异。

在几年前的一次笔会上，小说家刘照如说文学创作的核心便是爱与虚无,我似懂非懂。一个出身乡野的人,如果没有系统的训练与学习,如何能弄懂如此高深的理论呢?但即使这样,也没能抑制潜伏已久的写作雄心,我需要匍匐下来,聆听大地的心跳,聆听一株麦子如何走向时光的峰顶,如何以最朴素的方式喂养乡民。在这里时间是虚无的,大地与麦子是爱的表征,通过一条隐形的脉络,罗织出生活的若干场景。海德格尔说,只有在虚无的时候,我们才能感到存在。生活虽然绚丽,但当身边的一切都惯性使然,当一切不平凡都变成波澜不惊,我们面对或感到的总是虚无。大体也是这个道理。

杨小全的发迹史总归有些传奇。他 90 年代初就混迹在很多城市,每次返乡,抽出夹着的皮包,伸出手说这次挣了大概这个数,至于多少,很少有人过问。二大爷杨驼子表示不放心,说钱不是那么挣的。肥皂泡的产生取决于各种因素,多尘的空气是不利的,多风也不利;空气越是湿润越好,尤其是雨天,眼前是多彩的肥皂泡,远方是彩色的虹。

这几乎等同于泡沫理论,当资产价值超越实体经济时,极易丧失持续发展能力的宏观经济状态。果然没过几年,杨小全铩羽而归,据说在沿海城市买的一座房子也被银行抵押。

吹肥皂泡的少年没了,只剩下那段低矮的土墙,经过多年的风雨剥蚀,即将重归大地。而我,还在爱与虚无之间摇摆,妄图通过一只易逝的水泡,看见年少时的那段光阴。

找不到答案的虫子

◎老虎杠子鸡：

森林法则，看似弱肉强食一种，而弱者有长处，强者亦有致命弱点。几张纸片定输赢，卤水点豆腐，万不可一时疏忽，让一只小小的虫子入耳失去方寸。

试想一只老虎走出山林，耳畔是呼啸的风声，山野万物噤声，只有一只粗心大意的野雉，百无聊赖，在寂寞的晨光中张开鲜艳的翅羽——这是一个危险的符号，就像现代人不甘寂寞，总是想制造点诸如某某的花边新闻，夸张、夺人眼球，却不知道华丽的背后往往潜伏着更深的悲哀。一只野雉甚至不能给一只老虎打打牙祭，但无疑是老虎的饭后甜点，作为一种褒奖，将美丽连骨头带肉一口吞尽。

武二的哨棒凌空杀出，在制服不洁的女子和风流鬼之前，一根哨棒是老虎的夺命利器。舞动风，舞动飘出三里外的景阳冈牌二锅头酒香，一路杀将而来。听见哨棒断裂的声音，听见虎骨断裂的声音，听见为了壮骨的人们蠢蠢欲动的声音，却忽略一根棒子的存在。能打死老虎的棒子，当然也能打死猢狲诸物。树倒猢狲散，那些背靠大树好乘凉的皇亲国戚，往往在一夜间消失了飞扬跋扈的神态，眼看一只侵吞国库的大虎在武二哥的杀威拳下奄奄一息。

你能听见一只虫子在暗处的窃笑，就像时间被无形的虫子慢慢蚕食。没有人能将虫子赶尽杀绝，凡是有人居住或者千里无人区都有虫子的存在，以潜行，以伪饰的谦卑，以目空世界的姿态，或飞翔，或奔跑，或在光洁的水面上一苇渡江。这是容易被忽略的情节，当两只相亲相爱的虫子开始把一根棒子作为根据地，也就有了家的雏形，爱爱、受精、产卵、繁衍家族，令一根坚硬的木棒香消玉殒。

我如此不惮繁复的叙述无非是让一个普通的游戏具有情节上的连贯性，就像每一天都是为明天做好生活的准备。棒子老虎鸡，加上最易被忽略的虫子，就是一个巧妙的循环，谁也不能在自然的法度下逆转剧情，就如不能逆转的宿命。

我们村玩此游戏，往往是大人之间的酒局。窗外北风凛冽，屋里小火苗乱窜，烤得人心焦，总想找点无聊的由头虚度。酒不要太好，草里王的三里歪保证管用，一线入喉，火辣绵柔。几个人喝到起兴，各自伸出拳头：棒子棒子，老虎；棒子棒子，鸡；棒子棒子，虫子。且看总有人豪情万丈将三里歪倾入口中，就骂娘，就大哭，就癫笑，就回家搂着女人在木床上吱呀吱呀打滚，以最原始的方式延续村庄的血脉。

卤水点豆腐，一物降一物，这是豆腐六爷的口头禅。磨好新鲜的豆汁，在铁锅里熬煮，施以两勺卤水，鲜嫩的老豆腐顷刻即成。但有些人不懂，总以为手中有钱有权就能轻松掌握世界。杨三万，万元户的年代算上鸡鸭牛羊、地主老爹留下的房产总估价三万元。刘木斗仗着家里五个兄弟常以拳头说话。豆选，加上六爷三个人，每人后面放只缺边的破碗，选举完毕，会计报数六爷豆子最多，可做一碗热腾腾的咸豆浆。

看似弱者往往能取得最后的胜利。事后有人说就那俩——除了杀人越货啥事儿都能干出来的玩意儿也能当村长？六爷扶弱济贫虽是桩桩件件小事情，却被众人看在眼里、记在心里。这是虫子的胜利，以弱德之美赢得一方人心。

我们小时候玩一种纸牌，胡蜂蜇癞痢，癞痢背洋枪，洋枪打老虎，老虎吃人，人拿棒子，棒子打鸡，鸡吃胡蜂。是将简单复杂化，让一只虫子长出轻盈的翅膀，最后胜利者是鸡。（也不知鸡吃了胡蜂什么感觉，蜂刺蛰嘴，是一种自杀式顽抗。）

我看《红楼梦》第六回，“贾宝玉初试云雨情 刘姥姥一进荣国府”。宝玉十二三岁就和袭人偷尝禁果，腻在丫头们身上吃嘴上的胭脂，被鸳鸯好一顿数落。和王夫人的丫头打情骂俏更是惯常。和金钏儿耳鬓厮磨更是赤裸裸的调情。后王夫人察觉大发雷霆，金钏儿跳了井，宝玉挨了打，贾政挨了骂。属于典型性“卤水点豆腐，一物降一物”的案例。

估计曹雪曹大人当年也没少玩棒子老虎鸡的游戏，活生生将一座人间大观园变成写在纸上的浮世绘。

追逐利益的最大化，让国人进入一个全新的食物链互害模式。农者种植、养殖，喷洒农药，添加激素，自己不吃流入市场；食品加工者苏丹红、色素、防腐剂、三聚氰胺，魔术般变出色香味俱全的口腹之物；餐馆饭店，地沟油、僵尸肉，鼓捣鼓捣就端上餐桌……谁是棒子，谁是老虎，谁是鸡，谁又是最底层的虫子呢？到最后没有一个人能逃脱这密不透风的互害循环。

只剩下一只找不到答案的虫子，成蛹、化蝶，进入另一个轮回。

静止的瞬间

◎**木头人：**有道儒风，口令后人不能言，勿稍动，动辄输于人。有草木态，听风吹过耳畔，水声泠泠，秋虫悲鸣于野。无谓悲喜，矜持过后，方知静中妙趣。

我需要描述一幅画。静物。空旷的老河滩，流云作为永恒的形状在天空飘荡，夕阳像老祖母刚刚烙好甩在天上的一张饼，还有几枚游荡的柳树叶儿，寂寞的鱼儿般游来游去。此时，时间静止，一头归家的老牛张开嘴，连哞声也静止在时间的宣纸上。

我的童年几乎就在如此静止的画面中度过，常常一个人站在村庄的黑白背景中，一帧一帧翻过，童年、少年，一直到翻到盛年。我发现村庄里的事物几乎没有改变，人还是记忆中的那些人，老屋还是那些沉默千年的老屋，土墙的头顶，永远顶着一株狗尾草在风中摇曳。除此之外还有什么呢？当我们说完“一二三四五，我们都是木头人，不许说话不许动，否则罚你钻狗洞”时，几乎能听见时间戛然而止的声音。

张木大张着嘴巴，与头几乎不成比例，像是饿死鬼托生的，这一番来到世上只不过是为了讨一口吃食。李铜锤正弯着腰，出门时母亲给带在脖子上的保命符掉在地上，一只过路的蚂蚁正要爬上去一探究竟。胡小花刚刚还在笑，银铃般的笑声串成一串挂在老河滩的一棵榆树上，在小河里泛着银色的光芒。

有关木头人的游戏规则，从六七十年代走来的人都清楚，就像屁股上的一块胎记，会带进来日的坟墓。到了那一天，即使游戏结束也不会再醒来，一个人守着漫漫长夜，真的将血肉的生命融进了几块薄薄的木板中。

我常常是胜者，这并不一定代表我在某方面有优势，恰恰是天生的呆板与无趣促成我好静的性格。游戏开始，我基本能保持原初的形状，双臂下垂，嘴角上扬，眉头皱起，打着补丁的裤子里钻进秋天的第一缕风，裤裆里顿时清爽无比。我希望这样的时刻能继续下去，如此，便不会有饥饿与孤单的忧伤。

第二届国际发呆大赛在北京举行，与首届几乎同出一辙，获胜者是一个刚满 20 岁的小伙子，首届则是韩国的一位叫金智明的小女孩。为什么？人在生命初期的单纯是一生的王冠，山是山，水是水，村庄是一座仅供黑甜之梦的摇篮。我们在时间中行走，耳濡目染狡黠与腹黑，渐渐学会了圆融，渐渐懂得了向利而生；同时忘却的恰是从母腹中带来的单纯，和眼神中的清澈与舒缓。

窃以为，能迅速入定的人，距离母亲的子宫最近。能听见血脉汩汩而流的声音，能听见母亲极富节奏的心跳，能听见窗外啁啾的鸟鸣，能保持生命中最原始的形状：双拳紧握，身体呈自由弯曲状，双目紧闭，在羊水的柔波里自由自在。

静止带给我的具体益处是，能以最快的方式进入书写状态。

这是一座烟火气息浓郁的小镇，清晨醒来，超市的喇叭在重复播放优惠信息——鸡蛋便宜了，两块八一斤，西瓜便宜了，四毛钱一斤，赶快来买，来得晚了买不到。街边的烧饼铺在叫——卖烧饼来，甜烧饼，五香烧饼，刚出炉的烧饼。声音的波涛此起彼伏，人如在一片浩大无边的汪洋里，找不到停泊的岸。

鲁迅笔下的木头人，是行尸走肉的代名词：在《藤野先生》中，是当日军枪毙据说为俄军探子的中国人的时候，一群目光呆滞的中国木头人在麻木围观；在《药》中，是将儿子的命运寄寓在人血馒头上的懦弱的华老栓，哀其不幸，怒其不争。这属于木头人的延伸，相信每个人心中都有自己的尺度。

看到张木的最后一眼是在县医院的病床上，矽肺病晚期，呼吸困难，看见我到来欲从病床上坐起，终未成功。几声重重的咳卡在腔子里，憋得他满脸通红。拜水泥厂所赐，多年的车间劳动让张木终于倒下，随之倒下的还有一个贫穷的家。该做的都做了，仅有的补偿也将耗费殆尽，人还是要成为一块将要腐朽的木头。

时间仍然在面无表情地流动，一场游戏结束，却有太多无奈的结局。

借一片老瓦度化此生

◎**打水漂：**打水漂者，看似无聊透顶，实则在揣度，在思考。水是流动的，瓦片是静止的，一旦飞入水面，扑棱棱就溅起一溜水花。水花代表灵感，若脑子里一团糨糊，干脆临水而立，打一溜水漂，采撷灵感几朵。技术太差就算了，容易泥牛入海。

我熟悉村前的那条小河，就像熟悉自己身体里的血脉，如果泥土是村庄的肉身，那么小河就是村庄的血脉。日夜流淌的河水，流进田野，青青的麦子开始拔节生长，流进刺槐树下的那眼老井，村庄里的人就有了奔跑的力量。

我们在村庄里生，一声啼哭清脆而响亮。我们不知道前方有多少磨难，也不知道脚步将在何时终止，唯一知道要做的，就是俯下身来，与泥土相依为命，刨取使生命得以延续的粮食。我们在村庄里死，记住遮蔽风寒的那堵老墙，陪伴了多少风风雨雨；记住那座老屋，有多少夜晚在老屋里哭，在老屋里笑，时至今日，迎来死亡的盛装。我们记住那座逼仄的石板小桥，就像一个通向极乐的渡口，每个人都会在离别时最后一望，看一眼生生死死的故乡。

那时候我们还不懂生死，从浅浅的老河滩上挖来泥巴，捏泥人，捏房子，捏自己想要创造的私人化的世界。谁也不知道生活的

◎ 打水漂者，看似无聊透顶，实则在揣度，在思考。水是流动的，瓦片是静止的，一旦飞入水面，扑棱棱就溅起一溜水花。

具体模样，就像在黑夜中踏上一条漫漫长路，看不到目的与远方。

瓦是经年的老瓦，历经风雨剥蚀呈现出一种阅尽世事的沧桑。水是流淌千年的河水，偶尔会有树叶凋零，在河面上打了一个回旋，然后逐水而去。我极力想知道的，是时间以何种方式在时空中流逝，催熟了谷物，憔悴了花儿，将风霜刻印在母亲脸上。但终无答案，只能将一枚瓦片，以平行于地平线的方式抛出，激起一朵朵浪花。

——那就是时间的节点吧？渗透光阴的老瓦与代表时间的河水刹那接触，开出一朵须臾的花。

打水漂是人类最古老的游戏之一，据推测从远古的石器时代就已经开始。那时，或许尚无时间的概念，人们在狩猎之余守望于水畔，顺手捡起一枚薄薄的石片抛向水面，有的会落下，沉入宁静的河底，有的却打着回旋，一直度到彼岸。

度是一个参与佛法的动词，也是僧侣剃发受戒的一种仪式。草木要度，从春到秋，经历茂盛与枯萎，度化出丰润的子实；飞鸟要度，飞过万里长天，在生命消失之后，留下点亮天空的啁啾啼鸣。世界虚幻，人生苦短，活在村庄里的人们，更需要摆脱烦恼的纠缠，以期求得永恒的幸福。

有一刹那，我在记忆中搜索瓦片从水面上掠过的样子，近似一苇渡江的达摩祖师。那是1500多年前的一个秋天，荻花飞扬，梁武帝与达摩对话之后，幡然醒悟，即刻派人追赶。来到长江南岸，达摩祖师从一个山洞中刚刚起身，衣袂飘飘，正站在一根芦苇上飘然过江。从此，达摩休息过的山洞被称为达摩洞，达摩渡江的方式被称为一苇渡江。

河水在流淌，时间在流逝，一座青石板的小桥不知走过了多少杂沓的脚步声。村庄之外，是一个多彩的世界，也是一个更为虚幻的舞台，取代脚步的，是飞机，是轮船，是奔跑的汽车与火车。村庄里的人走向很远的城市，无非是一个目的，就是通过肉身的努力取得更为丰厚的回报。薄薄的瓦片在水面上旋转，有的会因为自身的棱角极速地沉下去，只有很少数，凭借抛出的原动力，凭借风力，凭借自然流淌的水力，抵达彼岸。

这是一个让人悲伤的结局，自始至终，我作为参与者，也作为旁观者，看到过太多无奈与无力。曾经一起打过水漂的兄弟，五子，举债结婚，去远在上海的海上工作平台做焊接，台风起，工作台倾覆，被找到时已是事发之后的第七天，早已面目全非。

我总是太过矫情，企图在村庄的每个角落找到事物存在的价值。月光落在屋顶上，面容憔悴的瓦松再一次走过生命的轮回，下一个春天，是否还能看见村庄里的老瓦，以飞翔的姿势，划过虚无的万里长天？

总有接近山顶的路径

◎ **攻营拔寨：** 在这里，营与寨都是虚拟的，一群不知天高地厚的孩子，每个人都想充当急先锋，以期力拔头筹。威逼、利诱、智取、背后放冷箭，极尽思考用何种办法才能达到自己想要的坐标。硝烟散尽，各归各家，各找各妈，西线无战事。

那是村里的最后一棵老梨树，长在石子的家门口。有时我会陷入惶惑，明明父亲领着我，来到老梨树下，用手圈着河堤上的一小片地，说这是我家的地盘，两棵苦楝树，两棵老槐树，外加一株歪脖子柳树，却为何独独那棵老梨树是石子家的？

是就是吧，老梨树只不过担着梨树的好名声，或许因盘根错节在海拔高于地平面一丈二的河堤上，没有充足的养分，结出的梨子又涩又难吃。但梨树成了我们童年的标志。很多个夜晚，我们把梨树的所在想象成《水浒传》里的聚义大厅，河堤就是高高的山头，山头飘着梨花香，虽然是夜晚，依稀可见梨树下一把虚无的交椅，只有攻上山顶的人，才可以装模作样学着小人书里的宋押司，一撩屁股坐上去。而后发号施令，谁老大，谁老二，谁——比如石子个子实在太小，就排在尾巴上。

我不是一个善于讲述故事的人，往往会在叙述的过程中横生出很多旁枝末叶，比如此时，我的思想又悄悄溜号，话锋一转，竟然又到了写作这件事情上。我的写作，源起于何时，现在竟然很难厘清。是小时候写的作文被老师作为范文阅读沾沾自喜的那一刻，还是后来心底有条虫子始终在暗暗作祟，于是拿起笔，开始学习别人，妄图把自己写下的文字变成铅字，有很多人阅读？——你看，这是那个叫宋长征的人，没喝过几瓶墨水，竟然也人模狗样写起了文章。

梨花在夜幕时分洁白，春风沉潜在空旷的老河滩，只需要在河堤上铆足劲儿一喊，空寂的街上就响起杂乱的脚步声。有的一边啃馒头，一边抹腮上的清鼻涕；有的从床上一骨碌爬起来，也不顾母亲在后面骂：你个不省油的小东西，这是又去哪儿疯，娘了个×，穿上鞋。你不能不信服游戏的力量，三五个孩子聚在一起，就是一个散发着能量的小宇宙，可以上山打虎，可以下海捉鳖，如果站得够高，肯定有人敢把天捣出一个窟窿。

无疑，在写作上我有自己的小九九，一开始是依着葫芦画瓢，看见谁的文章读着畅快，就弯刀对着瓢切菜。你写放羊，我就写牧牛；你写风，我就写雨；你写天空，我就写草木生长的大地。如此一来，拉拉杂杂竟然痴人说梦般写下几十万有关乡土的记忆。

我知道，这得益于多年的村庄生活，得益于那些即将淡忘的贫穷与苦难，但总是这样下去也不是办法，早晚江郎才尽。去年至浙江，登江郎山，临别作打油诗《十二月十六日别江郎》一首："我望江郎他望我，回首兹去两不舍。江郎若有同行意，一线天眼自闭合。江山有待才未尽，我共江郎蹉与跎。枯灯有灵读黄卷，他日重逢斟且酌。桑麻把酒心未已，轻车已过衢水河。远望江郎山不语，尔予我笔走龙蛇。”

由此可见，人做一件事情就怕认真，一旦认真起来，眼前就会“土地平旷，屋舍俨然，有良田美池桑竹之属”。

夜真正暗下来，攻营拔寨的游戏才算正式开始，包袱剪子锤，十几个顽劣的孩童分成两组，一组守，一组攻。守者站在山头上，规划布局：那个地方易守难攻，可派个子最小的石子守护；那个地方正对山寨的大门，需要人多势众。攻者集聚在山脚下，有人负责投掷土坷垃，有人负责打探敌情，有人专门运送战斗物资——还是土坷垃。战斗打响，不是枪林弹雨也在嗖嗖作响，所谓攻营拔寨不过是一场激烈的、双方互掷土坷垃的低智商游戏。

梨花依然独自白着，淹没于黑暗却又试图从黑暗里挣扎而出。没有人看见，我是在混战中悄悄绕到河堤对岸的，个子矮小的石子正躲在梨树下的一个土坑里。我轻喊：“石子。”石子说：“嗯，你不是？”我说：“是，不过今天我们俩不打仗，你不是想看《水浒传》的小人书么，明天借给你。”石子说：“好，那你随便吧，我困了想睡觉。”说完眯着眼睛，靠上梨树根。

我从没有过占山为王的念头，只是在俘获敌军首领时有些小人得志。按规定，谁擒获了敌军首领，谁就是想当然的下一个首领，便可以坐上梨树下那把虚无的交椅，指挥下一场战事。《水浒传》第六十回“公孙胜芒砀山降魔 晁天王曾头市中箭”，说的是项充，梁山第六十四条好汉。他原本也有自己的山头，在离我们村不远的芒砀山占山为王。坏就坏在公孙胜身上，设下诸葛亮的石头阵，以至于项充被活活生擒。

这是计谋的胜利，一个小小的计谋不能永远屡试不爽，当我的写作进行到某一阶段，我发现那些所谓灵感正在悄然离去，整整一年，我徘徊在写与不写的边缘。没有人比我更清楚自己的底细，就像一次偶然偷袭成功；而下一次，幸运不会再次降临。叶兆言在一次演讲中说，“困学乃足成仁”，意即一个人要始终保持清醒的头脑，在困局中思辨，在思辨中前行，如此便可享受写作的过程。

夜已经完全打开，村前河堤上的那树梨花早已不在，或许，梨花的洁白只是与童年相关的某种启迪，让我在游戏与书写中艰涩转身。至于山头是没有的，我向农耕文明的执拗转身，只是为了寻找文字本身具有的微光。

憨死牛不只是一种游戏

◎**憨死牛**：简单的路数像极了人生，两枚棋子，一枚是精神，一枚是肉体，无论如何都要走下去。有时是情非得已，有时是执拗，有时是对生之无望。来吧——像海妖塞壬的歌声，『一失足成千古恨』，与谁同销万古愁？极简生活，不需要繁文缛节，走下去，或许会有柳暗花明。

大多数时候是鸡鸣唤醒村庄，紧接着看家狗从睡梦中醒来，雾，尚在村庄缭绕，与老树、房屋纠缠在一起，徘徊在老井的石阶上，久久不肯离去。依次醒来的还有挂在山墙上的农具，露水在净洁的锄面上流淌了一夜，一无悲伤，二无欢喜。

其实这才是村庄的常态，我们从把生命交付于脚下的土地那一刻起，就深深明白，一辈子的根就扎在了这片土地上。既然这样，活着就要有活着的姿态，欢喜是过，悲伤也是过，就不如擦去腮边的泪水，笑对日月星辰。

憨死牛，是我们村很早就流行的一个游戏，至于渊源，尚无证可考。我想，应该是在田野里劳作的先人累了，把牛拴在蓬勃的灌木丛，任其自由咀嚼光阴的甘甜与苦涩。人累了不能躺着，就像一根上了弦的发条，一旦停下来容易失去本身的弹性。游戏开始，在光洁的地面上画一个“区”字形的棋盘，三面围城，只留下一面缺口,画一个圆圈为井。棋子,可以是随处可见的棍棒与草茎,也可以是四枚小小的石子,一人执两,双方各走一子。井的那边不能走棋,先走子的一方不允许第一步时就将对方憋死。

我对乡井的印象不好,繁茂的草木间兀然出现一个黑洞洞的井口,阴森、恐怖。加之善讲鬼故事的长叔,说每一口井里都有一个冤魂,可能化身一只蟾蜍,也可能化身一条蜿蜒的蛇,在井口守望,单等着轮回之日。直到有一天这口井里又重重落下一个肉身,那魂灵才幽然飞升,托生到另一户人家。

络腮胡来得有些巧,刚好理发店顾客稀少。相较于别人,络腮胡是我店里的常客,洗头、刮脸,每次完活后固执地喷上发胶,以保持一整天发型不散不乱。付完钱,络腮胡并未马上离去,我递过去一支烟,他便开始了一段惊心动魄的讲述:

“可惜。犟。才十八岁。前年考的高中,分数 590。

“9 月 6 号,开学第一天。其实也没啥大不了的事情,无非是嘴上长了几根胡子。他跟妈妈商量,说要去医院做激光手术。家里人也同意了,给了 1500 元钱。去医院,医生说这么大年纪确实没必要,如果真的想抑制毛发生长,年岁再大些可以考虑用脱毛霜。

“他转身回家,一脸不高兴。妈妈说没啥大不了的,男人没胡子,说话转轴子。他说,就不好看,女同学看见嫌弃。妈妈说,嫌弃就嫌弃,咱好好学习,将来有工作了啥样的媳妇找不着。他说,找什么找,找不着不娶(媳妇)。妈又说,不找不找,这就开学了,去洗洗澡。

“‘洗,我这次一定洗干净。’他说完话转身去了村后的另一座院子。妈妈去隔壁邻居家打麻将。

“傍晚了没见人回来。吃晚饭的时候没见人回来。他妈的脸色瞬间挂起了几片疑云。找,能找的同学家都找了,能找的邻居家也找了,没找到。召集一个村子里的人和亲戚一起寻找。蔡庄、侯楼、孟庄的井里都找了一遍,依然没找到。他妈说,还有朱楼的一口井,偏僻,再没有就不知道哪里去找了。

“晚上十点,村里的挖掘机开到现场,十四节井管,挖去了五节,派人顺着绳子下去,把他拉了上来。那手,手掌磨得稀烂,血肉模糊。膝盖,露着森森白骨。瞳孔,张大,满是绝望与恐惧。

“他之前还有一个哥哥,九岁时跟村里的一个孩子去池塘里洗澡被淹死。顷刻间,这家人没了孩子。”

憋死牛又叫“裤裆棋”,也叫“瞎子跳井”,意即失败的一方最后的结局是被逼到井里,再无咸鱼翻身的可能。“区”字形的棋盘,区区人生一盘棋,棋子两枚,一枚代表物质与肉身,一枚代表精神与灵魂。更简单一些说,一个人生下来除了吃饱穿暖,还要有包容与爱。这是现代教育的缺失,分数考了很少的孩子离家出走,不愿再去学校的孩子留下遗书跳楼,十几岁的学生为了有钱购买电子游戏工具主动找人贩卖初夜。现代科技发达,电子通讯进步,我不知道到底有多少人被所谓现代化生活所绑架,村子里的人越来越少,反而在春节时挂着各省车牌的小车停靠在狭窄的小路上,显得有些突兀。

络腮胡说完掐灭手中的烟头,我却沦陷在一个旧年的游戏中难以自拔。逼仄的乡村小路,越来越被放大的井口,一个恰如咒语的游戏名字——憋死牛,一如在黑暗中越来越辽阔的隐喻。

野草的卜辞

◎占卜草：取草径一，自两端剖开，以示某种预言，中有巫性，更有天意。天要下雨，娘要嫁人，皆为命运安排，一株小草如何能担此重任？游戏耳，不类古代揲蓍之法，法度严谨，数理繁复，至于准确性待考。无预期，无伤无痛；期望值过高，容易摔成碎片。

莎草长在小河边，以沉默应对白云苍狗，我们在小河旁玩耍，抬头看看无边无际的天空，实在无聊，决定用一株草进行占卜。占卜是来自远古的事物，人在世上行走，看不到远方，不知道事情的结局，就想通过一种缥缈的方式来预知未来。

我们不知道出于何种目的，摘下一株莎草的草茎，从中间剖开，若是整齐的菱形，就是晴天；如果一分为二，即便现在艳阳高照，也会多云转晴。记忆太远，远到看不清那时的轮廓，至于占卜草的准确性，一直到现在还是模棱两可。但这并不妨碍我们的兴致，仿佛从一株草的预言中能看见世界的大致雏形。

一个人自信的源起无从考证，就像我们不知不觉地成长，嗓子变声，像一只毛茸茸的鸡仔，忽然长成了可以飞上枝头的小公鸡，在村庄里预报更次。占卜草给我们树立了成长的信心，在春天醒来，面对弯弯的小河流水。

莎草，是《中华草本》中收录的药草，又名香附子。我在一篇名叫“香附子的纠缠”的文章中曾经写道：“一天，破土而出，三棱形的芽尖像一枚小小的刮刀，刺透了大地的胸膛，嫩黄着，新奇着，并不显现出对烈日的丝毫胆怯。两天，三棱的芽尖开始张开，每一片尖利的叶子伸展向各个方位，留一只芽尖，继续生长，像一把战戟，妄想穿透这夏日的天空。不出几天，到处都是香附子袅娜的身影。”

这是一种魔性的存在，一种草以启蒙的方式占据了我的童年时光。其实真正的占卜草应该叫蓍草，《本草纲目》记：“其生如蒿作丛，高五六尺，一本一二十茎，至多者五十茎。生便条直，所以异于众蒿也。秋后有花，出于枝端，红紫色，形如菊花；结实如艾实。则此类亦神物，故不可常有也。”从形状上看来，与我们村的莎草天差地别，而从占卜的角度来看，莎草与蓍草还真的应了那句“小巫见大巫”。

揲蓍之法，是中国古代所采用的一种狭义的筮法起卦，有着严格的规定，其要求之高、步骤之烦琐，是后人难以仿效和继承的。由此看来，古人的智慧可谓之深。取五十根长短一致的蓍草，不用时放入绵帛制成的黑色袋囊中，并装入用坚木或竹筒制成的椟里，找一间干爽净洁的居所为起卦之室，在此室的南面，放一张五尺长三尺宽的木床，且床不要太靠近墙边，同时将装有蓍草的木椟放置在床的北边。占卜开始。

我无意探究以蓍草占卜的过程，却深深陷入那种肃穆的氛围之中，鸿蒙初开，我们从草木大地上醒来，从攀援到直立行走度过了漫长的光阴。我们珍惜每一粒谷物，珍惜脚下的每一寸土地，只有这样，才能依存于这片风雨大地，才能在第二天醒来看见太阳照常升起。

说到占卜的起因，无非是我们想在冥冥之中预知命运或者生命的吉凶。时间在流逝，每一个朝代的更迭都伴随着战火与硝烟。骨肉别离能否再次相见？前路茫茫能否遇见生命的拐角？执手凝望，远征良人能否安全归来？

昏暗的灯光下，孟姜女请来村中的卜筮者，递上椟中的蓍草，幽幽地问："先生，杞梁可好？"卜筮者不说话，净手，面墙而立，手中的蓍草左右传递。你看不清卜筮者的手法，你也无法想象一根柔弱的草茎如何能预卜生死。结局是，卜筮者面无表情地离去，只留下早已泪水满面的孟姜女。

新筑的城墙，仿佛还有亲人的体温，荒芜的野草丛中，有滴滴血泪一路蜿蜒。长城在顷刻间崩塌。

我们村也有卜筮者，一男一女，一个在村东，一个在村西。村西的叫李娘子，生意最好的时候，门前的小车排成一排，不用说，官者居多。但好景不长，我在上初中时有一次回家，看见李娘子家门口围了很多人，有村民，有公安。事件的源起是一堵墙，为此李娘子和大伯哥家起了矛盾，大伯哥一个不小心把拐杖砸在李娘子头上，一命归阴。

村东的是探花爷，至今仍在乡间游走，一挂破褡裢，一卷黄表纸，蹲在集市的某个角落。有人看坟，有人算命，有人帮即将结婚的儿女预测合卺之日。但最神奇的，应该是看小儿夜哭。我儿子七八个月时常在夜里大哭不止，苦无良法，找到探花爷，一张黄表纸写写画画，焚成灰，装入一个类似香囊的布袋，放于枕下，儿子从此睡梦安然。

这是一株草的另一种表达方式，在闪烁的火光中驱散笼罩在村庄上空的阴霾，从年少时的游戏，到写在纸上的卜辞，若无法解释的暗物质，占卜着我们无法预知的明天。

·套圈与圈套

◎ **套圈**：你来与不来，圈就在那里；你套与不套，套圈人神色诡异，请君入瓮，只等你将脖颈子伸进圈套。这世界，原没有免费的午餐，大街上熙来攘往，虽说离不开名利二字，小鸡尿尿，各有各道，就看你如何用智慧或者体力换取同等价值。游戏尚可，没必要弄假成真。很多人都缺乏一味药，有病，得治。

套圈人在浓浓的树荫下醒来，有风吹过套圈人的鼻翼，套圈人打了一个喷嚏，鼻子上的小虫吓了一跳，张开翅膀向村庄飞去。套圈是一种较为自由的职业，如同现在的自由人，想做点小生意，就从市场上进来一些畅销的物件，花花绿绿，雇些帅哥美女招徕路人；想宅，干脆窝在家里半个月不出来，吃穿用度离不开几十平米的鸽子笼；当然，自由人也有可能心潮澎湃向往起雪莲、冰山、喇嘛庙来，行囊背起，做一头吃苦耐劳的驴。

套圈人可没那么浪漫，一把竹圈，一应标的物件，就可以在大地上游走。靠的是什么？你问他，他并不言语，诡谲地一笑，仿佛整个世界都属于自己。

我小时候，曾跟着父亲去单县，每一年初雪季节，这个不大的县城都要举行一次十月交流大会。交流什么？天南海北的人，带着天南海北的物件，羊绒衣、羊皮衫，还有看上去有点怪异的蒙古靴。新疆人卷着舌头卖杏脯、葡萄干和坚硬的馕，有人想要尝尝鲜，咬在嘴里呸地一口吐出来，直说还不如家里刚出笼的馒头好吃。这就是地方差异，一个地方有一个地方的味蕾，一个地方有一个地方的胃，来不得一点勉强。但套圈不是，全天下的人套圈只用一种方式：接过套圈人手中的竹圈，先在希望所得的物件上比比划划，觉得成竹在胸了，这才站在标示好的红线上，注目，弯腰，小手一抖，就以为可以探囊取物。

这时套圈人的神情并无丝毫改变，眼神漫过摊子在人群中搜索，喊："套圈，套圈，一元三个，两元七个。过来那位兄弟，看你红光满面，何不试试手气？"先前的那位套圈者顷刻间已经甩完手中的竹圈，笑哈哈捡起唯一的收获——一把卷笔刀："还好，还好，回家给儿子削铅笔。"

我无意把一种儿童玩耍的游戏说成成人游戏，只是觉得套圈的技术难度往往超过儿童的预期，大人带着孩子，孩子看着大人，甩出手中的竹圈才发现不过是一种圈套。观音像、青花瓷盘、布老虎玩具，每一个稍微值钱一点的物件都经过套圈人细细的筛选。手不要抖，人不要远，就这样才可丁可卯刚刚好，你们想占便宜还不是多余？

猎人在黄昏来临之前心怀鬼胎，一个出色的猎人一定要掌握猎物的出行规则，哪条路走心思多疑的獾，哪条路过本性胆小的兔子，哪条路走看起来蠢笨、实则身轻如燕的野猪，猎人早就一清二楚。圈套设在隐秘处，在冷冷的月光下隐藏在草叶间，一只野物的命运，在于掌握了多少在大地上生存的经验，每一次驻足倾听，每一次奋力奔跑，都为自己不可预知的命运埋下伏笔。夜色扮演着撒旦的角色，每一片夜色中都暗藏杀机，和对食物以及爱情的渴望。也许那只嚎叫一夜的野猪死也不明白，越过山岗就是曾经心仪的恋人——在白天，那只野猪姑娘的眼神脉脉含情，分明在说：今日月圆我必以身相许。

一年夏天，母亲在二娘家的院子里纳凉，进来一位卖席子的人，说走路渴了能否讨碗水喝。二娘心善，拎出竹篾编制的暖水瓶，放了一捏柳叶茶，说："不急，天那么热，坐下歇会再走吧。"卖席子的面黑人瘦，说话慢条斯理，一看就像穷苦出身的实在人，母亲和二娘并未丝毫防备。临走，母亲问一领席子多少钱，卖席子的不搭理，只顾整理卷成筒的席子。二娘又问："你这人，问你一领席子多少钱呐。"卖席子的这才直起腰身，一脸鄙夷模样："你们两个老大妈一看就买不起，问啥问，走了。"

套圈是一个动词，执圈者以为胸有绳墨这才中了套圈人的小把戏，不过只是游戏，谁也不在乎那仨瓜俩枣，图的是一时欢乐。圈套是一个名词，隐藏在空气中让你看不清它的模样，也猜不透何时会降临在自己头上。在卖席的激将法下，母亲和二娘赌气般拿出一百元钱，认领了三张竹席。席子的质量并不好，后来一问才知道，那天卖席子的在村里以同样的方式卖了十几领竹席。

慕容雪村写过一本书《中国，少了一味药》，讲述了自己于2009年潜入上饶的一个传销团伙的过程，并在其中生活了23天。"那黑暗的23天，我看到善良的好人被骗子愚弄，过着悲惨的生活；我看到人们离乡背井，为一个谎言虚耗时光；看到被践踏的伦理和情感，每个人都在欺骗自己的亲人；我看到病体孱弱的老人、营养不良的青年，他们经过了邪恶的教育，越发乖张，越发贫穷，对社会怀有深深的敌意；看到家破人亡的惨剧，也看到洗脑的严重后果。”

无疑，这是一个更大的圈套，在20世纪90年代传入中国以来，以蔓延的方式席卷了城市与乡村。我亲历过那样的场景，几乎一个村子里的人都行动起来，卖猪的卖猪，卖羊的卖羊，老年人拿出多年的积蓄交到年轻人手里，去郑州听课，去买一个叫康福德的治疗仪器。他们深陷其中，讲师在讲台上滔滔不绝，他们写信、打电话给自己的朋友和亲人。这是个一夜致富的神话，丈夫带着妻子，妻子带着姐妹，一起加入了所谓致富大军。梦想是美好的，但没有经过血汗与实践的梦想是一座空中楼阁。

根据统计，到2010年，中国大陆的传销者已经超过一千万，这个数字的洪流还在不断增长，几乎每个人的背后都有一个濒临破碎的家庭，财产没了，亲人之间失去了亲情。

饕餮是《史记》中记载的缙云氏之子，一种想象中的神秘怪兽，这是否暗合了人的贪欲？《山海经》中说，饕餮有羊的身子，眼睛长在腋下，有老虎的牙齿和人的爪子，大头、大嘴，十分贪吃，以至于最后把自己撑死。这是对圈套的另一种解读，当人有了贪念之后，就会忽略事情的结果，不是被人骗去钱财，就是失去卿卿性命。

·升官图

◎升官图：有官在先，升官图在后。自白丁始，秀才、举人、进士，直到内阁衙门，太师、太保，每一步都战战兢兢，步步惊心，看似风光无限，实则如履薄冰。向左，是清廉，为江山社稷；向右，是贪婪无度，只为中饱私囊。一枚陀螺转转转，铁打的营盘流水的兵，无论朝向哪个方向，都有其必然宿命。遗臭万年与流芳千古指的是一条路上的两个路标，一把野火几根朽骨，升官图谱至此结束。

老邓把猪鼻子摘下来，又摘掉鬼子帽，在石灰窑的洞门口坐下，喊我："小宋，过来抽根烟。"猪鼻子就是防尘面罩，鬼子帽后面拖着一块长长的布，是在石灰窑厂工作离不开的两件法宝。这里是大石桥的某处山窝，二十年以后我问起写小说的常君姐，她说那个地方叫南楼，现在已被夷为平地。我从窑墙上下来，老邓出窑，我负责装窑，两个人做的正好是一件事情的两头，有因有果。

升官图仅仅是个游戏，产生的年代不详，但少说也有千年历史，相传为明代倪元璐所创。倪元璐，书法家，明天启二年（1622）进士，官至户、礼两部尚书，相当于现在的外交兼财政部部长，可谓风光无限。但就是这么一位大员，从地方到天子侧旁，经历了官场种种，或为劝诫，或为娱乐，某一天突发奇想，在纸板上横横竖竖，描画出官场进阶图，每一个步骤都小心翼翼，每一次升迁都如履薄冰，只怕陀螺转起，刻有"赃"字的一面向上，那么，就意味着此人贪赃枉法，仕途到此为止。

绕过石灰窑旁边的一条货运铁轨，下面就是我们的简易居所，房屋两间，一间归我远房表姐家所有，表姐、表姐夫和孩子一家人吃住就在这间大约十平米左右的小屋；一间住着老梁、老邓、我和大老吴。我身体单薄，负责做饭，这样可以早点下班在房间里磨蹭一小会儿，馒头、米饭、简单的一锅炖菜，就能解决对五脏神庙的敬拜。

大老吴喊我坐下，抽出一支红梅烟，我转身就着石灰块上将熄的火点燃，深吸一口。问："老邓，你怎么也抽这烟，不是来的时候天天抽玉溪?"老邓也深吸一口，额头上的汗水淌下来，在被石灰覆盖的面颊上画出几条蚯蚓。老邓说："我跟你讲个故事吧，咱们往里靠靠，暖和。"

"有个少年家里很穷，在河南的一条山沟里，父亲开山死得早，就剩下母亲一个人拉扯几个孩子长大。孤儿寡母，在乡下是最让人瞧不起的。有一年，村主任仗着革委会的身份，抓住母亲从村里的地里挖的几块地瓜不放，死乞白赖晚上来敲少年家的门，母亲不开。瘦弱的母亲瑟缩着抵着门闩，央求村主任：'你是我们的大恩人，孩子还小，不能眼看着饿死，求你放过我们一家人，大恩大德，一辈子也不会忘记。'村主任说了什么，胆小的少年没听清，约莫过了一个时辰，听见门扇咣当一声响，门被踹开，母亲被带走。

"少年不能忘，少年怎么可能忘记那样的羞辱。母亲被拴在队部前面的拴马桩上，偷盗犯几个大字像交叉在一起的刀锋，深深刺痛少年的心。"

我对棋牌类的游戏天生愚钝，仿佛那些陌生的字符永远也不会熟悉，但却对升官图产生了痴迷。在一盘石磨上展开一张升官图，三五少年各执一子，轮流用手捻动四面刻有字符的陀螺，“德”朝上可前走两步，“才”朝上走一步，“功”字朝上则原地不动。谁也不想让“赃”字朝上，那代表着降低官衔或直接被罢黜。但游戏就是游戏，不同于命理却有深深的玄机。很多次，我从白丁回归到白丁，从身家万贯到一文不名，有沮丧也有庆幸。沮丧的是手气不好，从擢升到降职，一枕黄粱；庆幸的是这是游戏，如果是现实，那么我将面对一种什么样的结局？

老邓继续讲：“那天母亲带着一身伤痛回到家里，不吃不喝也不言语，少年陪着年幼的妹妹在母亲身边哭泣。从此，少年的学习成绩一直优秀，领来的奖状贴满了土墙。初中、高中、大学，直至毕业，成为当地最年轻的县政府秘书长，后来又成了县委书记。又过了好些年，弟弟、妹妹，甚至连远亲都被妥妥地安置在了各个单位。按说，这算成功吧，从一个穷苦出身的少年成长为身居要职的地方官，就连当年的那座穷山沟也跟着扬眉吐气。”

我对官的理解，无非是一个有着一些权力的正常人，多年的教育让我认识到做一位两袖清风的官员有多么重要。天子或者上级的赏识，个人以及家庭通过多年的努力终于鱼跃龙门，对家族来说更是一件天大的喜事。头上的乌纱帽，手中的封疆印，身上的麒麟袍，就有了不同一般的意义能指，上可通天子庙堂，下可通黎民百姓。坏就坏在人类的劣根性上，一旦有了权势，很多官员就产生了异变，营私舞弊，贪赃枉法，无恶不作，欺上瞒下，暗度陈仓。

老邓的故事还未讲完，就听见窑场场主王胡子站在铁轨上骂：“龟儿子哪去了，窑火烧透了也不知道填窑。”我慌忙起身，扑打着身上的白灰一溜小跑赶紧去装窑。

有无名氏《升官图》乐府道："一朝官爵一张纸，可行则行止则止。论才论德更论功，特进超升在不同。只有赃私大干律，再犯三犯局中出。纷纷争欲做忠臣，杨左孙周有几人？"很是详细地说出了升官图的规则。要我看，现实社会也难免如此，一个官场中人不为百姓社稷，整天钻在孔方兄堆里不往外出，早晚会被当老虎苍蝇打了，悔之晚矣。

老邓在被接走之前来过一个女子，老板娘说叫水仙，那个水灵，那个年轻，就像年画儿上的。先是从窑洞里将老邓喊出，嗲嗲地一通爹啊娘啊你咋搞成这样，人也瘦了，脸也老了，腰也躬了。后是一阵梨花带雨，说家里的房子也被法院收了，账户里的钱也被冻结，这可让我和双儿如何活下去。双儿是老邓离婚后和水仙生下的女儿。女子走时，老邓没送，掏出所有的积蓄说："只有这些，你们娘俩看找个合适的人家去吧。"

老邓走时，豫字打头的警车停在山脚下，老邓只收拾了一小包东西，剩下的东西说留给我，几本书，半条红梅烟，还有一支笔。我有些感伤，老邓笑笑，"人生何处不相逢"，说完伸出手戴上手铐。这一切我都知道。那天我们喝酒到很晚，老邓通红着眼睛说："我他妈当初也没想贪啊占啊，一个穷山沟里出来的娃娃你说还需要啥呢？房子、车子、妻子、孩子都有了，怎么就走到了这一步。"说完，趁着酒意拨打电话，第三天，家乡的警车就来了。

一局升官图游戏结束，各回各家，各找各妈，我伸了一下在石磨上坐麻的腰，想：我吧，兴许真像半仙爷说的劳碌命，不是当官的材料。

·打麦，麦打，三三三

◎**打麦：**『打麦，麦打』，简洁的歌谣穿过唐时的天空，落在村外的麦场上。有人在手执镰刀望云，有人在举着木锨等风，有人扛起一袋粮食笑脸像一朵喇叭花。我们呢——一群不知事的野孩子只知道混天撩日，哪管『粒粒皆辛苦』的古训。古训皆有来处：『田家以苦乃为乐，敢惮头枯面焦黑。贵人荐庙已尝新，酒醴雍容会所亲。曲终厌饫劳童仆，岂信田家未入唇。尽将精好输公赋，次把升斗求市人。』我见浪费粮食之人，恨不能将其发配至饿殍国。

我猜想古时候的人是这样打麦的：系好头巾，朝手心里吐两口唾沫，以便握紧手中的木棒。麦子是从田野上收来的，经过一冬又一春，终于在夏日成熟。割麦，捆成个子，在麦场上晒干，老翁、老妪、丈夫、妻子，人手一把结实的木棒，邦邦敲击在麦穗上。麦穗不喊疼，从田野上走来的麦子就是为了养活村庄，一粒粒饱满的麦子，做饼、熬汤，喂养了乡下人的骨骼。当然，城市里的人也不能免俗，他们也长着一副人间皮囊，事实证明，凡是长着一副人间皮囊的人都由村庄与大地哺育成长，只是后来的后来，他们游弋于城市的街道，开始五谷不分。

母亲将捡来的麦穗收集在一起——母亲从来不把捡来的与自家田里收割的麦子放在一起，大约是为了证明，这一年，除了自家田里产出的，又在空旷的田野上捡拾了多少谷物。晒干，在一片空地上捶打，站在十字路口等风。风来了——母亲总能在燥热的午

◎ 我家打麦，有很长一段时间仰仗父亲豢养的一头老牛。正午的日光下，土地上蒸腾着热气，弯曲的纹理，仔细看一望无际的田野也跟着扭曲。

后等来一阵轻柔的风，把打好的麦子和秕糠装进簸箕，在风口站定，双手高举，双臂轻抖，犹如一个神圣的仪式。风吹着，把麦子和麦皮、麦糠分开，帮母亲完成了捡麦穗的最后一个工序。

我家打麦，有很长一段时间仰仗父亲豢养的一头老牛。正午的日光下，土地上蒸腾着热气，弯曲的纹理，仔细看一望无际的田野也跟着扭曲。同时扭曲的还有父亲的身体。父亲站在麦场的中央，那头黑色的犍牛肩胛上套着一根粗壮的麻绳，身后是一只咿呀转动的石磙。我对石磙最初的概念就是沉重，石头虽然打磨成圆形，却依然如时光般沉重。父亲和牛之间，仅仅靠一根缰绳维系："嚯嚯！嚯嚯！"是向内；"咧咧！咧咧！"是向外。父亲发号施令，黑犍牛就绕着麦场一圈圈行走。

这样的动作往往要持续很久。"从前的日色变得慢，车、马、邮件都慢，一生只够爱一个人。"这是木心的吟哦，仿佛旧年的光阴被一眼看穿，人与物、庄稼与草木，都缓慢得让人哽咽。这时候的麦场光洁，被碾压的麦子发出灼目的光芒。人的一生，麦子的一生，必须经历碾压与捶打，才能散发出生命本身的光芒。那些沉默的麦粒，在煎熬中等待，就像一个向着梦想奔跑的人，就要脱颖而出。

打麦谣是孩子们的小把戏，一个没有麦子高的孩子只适合在麦场边的梧桐树下玩耍，用眼睛记忆时光的流变，用歌谣加深对大地的情感。"打麦，麦打，三三三。"这谣曲简单得让我感到突兀。五月的河堤葱郁，布谷鸟在唤回五月之后藏身在葱郁之中。它不知道为何而呼唤，是命运赋予的歌声，还是人们牵强附会一定要找到一个合适的理由，穿针引线，将苦涩的时光点染出斑斓的花纹？

歌谣轻盈:“打麦,麦打,三三三。”你伸出一只手,我伸出一只手,“打麦,麦打”,而后背过身去,“三三三”。

如此而已。作为童谣的存在,你未必能赋予什么充分的理由,三两小儿,在夏日浓荫之下,在阡陌田畴旁边,用稚嫩的声音,唱出简单的音符,这本身就是歌谣的诞生与欢乐。正如我多年以后,坐在电脑前敲敲打打,将往日记忆连缀,过去的已然过去,未知的尚未到来,我所书写的只是作为一个地地道道的农人,捡拾起农耕历史的断简残篇。所谓意义,不过是把历史结绳记事,以便我们折返时能找到回家的路标。

宋代高承《事物纪原·博弈嬉戏·打麦》中记述:“《唐书》:武元衡之将遇害也,京师童谣曰:‘打麦,三三三。’今俗儿戏有打麦,鼓掌作打麦声,后必三拍之,抑缘此也。”其实这段话有点指向不明。元和二年(807),行营都统高崇文平蜀乱后把蜀地物资、金帛、歌伎舞女、能工巧匠等据为己有,武元衡到任才平定民怨。后武元衡升任宰相,有“铁血宰相”之称。因力主对淮西节度使吴元济谋反出战以救蔡州,得罪了李师道及其幕僚,遇刺身亡。一边是朝廷里的派系之争,一边是乡野小儿的稚嫩童声,稍觉牵强。若有,也是民间对于清廉的渴盼,祈愿国泰民安、五谷丰登。

芒种,我从鲁院回来,恍惚间意识到,二十年了,我从没有错过麦子的生长。从耕耘、播种到施肥、打药,我对麦子有着亲人般的熟稔。清明,三哥打来电话,说麦子浇了,一时说不出话来,是该感谢,还是为焦渴了很久的麦子而高兴,无从表达。这是一种无言的托付,腾空一段对庄稼的记忆,添加了一段文学记忆。

只是当下的麦田空旷了许多，村人站在路口一边抽烟、喝茶，一边闲聊，说再等上两天才好，收割机一收不用灌装就拉到粮店销售，麦钱两讫，该到哪个城市打工去还回到哪里。我很是落寞地走在麦田深处，布谷鸟的回声有些凄凉。昨天，昨天不是这样。晨起，带好中午的干粮，一家人开始弯腰收割，长长的麦垄，油绿的蚂蚱受到惊吓飞起老高。收到最后一小片的时候，看见麦子中间簌簌抖动，是兔子，蚕食完最后一小片麦子，兔子便仓皇逃出。一时间，人追，狗撵，挥舞镰刀，高声呼喊，一整片麦田恰似沸腾了一般。

都消逝了。过不了几天，这无际的田野将驶过隆隆的收割机，所过之处，一片白茫茫大地真干净。我是该庆幸还是该挽留？当方便与快捷代替了缓慢，被省略掉的时间都去了哪里？草间、奔波的路上，还是消失在了时间的深处？

“打麦，麦打，三三三。”简洁的歌谣穿过唐时的天空，会不会有一个人——我们的祖先，诡谲一笑，转身走进那片杳然的月光里？

做鬼守则

◎鬼脸儿：物有物道，人有人伦，鬼也有自己的做鬼守则。儿时扮鬼，是为欢愉，心地纯真，所以不怕鬼敲门。鬼敲门时，人常做瑟缩状，三尺长的汉子也会脊背发凉，怕大鬼小鬼一起来，摄了魂去，任由油锅炸、铁锯、鞭笞，坦白从严，抗拒亦从严，谁让尔等在人间不做人事。好鬼少，也须努力学习，望乡台，奈何桥，方可投胎再走一遭。

我不怕鬼，鬼大多都是人样子。人在黑夜行走，鬼在身后，葡挞，葡挞，听起来，时而远，时而近。我想，鬼为什么那么无聊呢，要不你就扑上来，要不就站在我身前，人与鬼商议商议，有什么想法、什么目的，开诚布公。鬼当然不会，鬼有鬼的准则，只在人看不见的地方出现，然后一个恶鬼上身，让你人鬼不分。这是说怕鬼的人，因为心中有鬼。与我一家子的宋定伯更是一个傻大胆，年少时，夜行，遇见一个现身鬼，鬼说自己是鬼，宋定伯也说自己是鬼，你背我，我背你，逢山过水，来到宛市，把鬼往地上一丢，“化为一羊，便卖之，恐其变化，唾之，得钱千五百，乃去”。

货郎李驼子，摇着拨浪鼓，踏着暮色，从一个村庄过来，针头线脑、酱油咸盐，一应日常物事都有。我们不喜欢，招招摇摇的鬼脸儿在风中叮当作响，猪八戒、孙悟空，还有专门捉鬼的钟馗。按说，不应该这样，他们是仙，专治各种妖魔鬼怪；事实是，被称作鬼脸儿的游戏只是一种乡下游戏，日暮，趁着昏暗，几个黄口小儿各自带上自己喜欢的面具，舞刀弄枪，煞有介事上演一场只在童年出现的游戏。角色不重要，输赢不重要，重要的是我们借用一张虚无的面具，扮演过各路妖精神仙，在梦中也会惊醒：妖精，哪里去，还不就地伏法。

早年的鬼脸儿，大多用纸片粘制，有眼，有鼻，有一口獠牙呲在外面，几类过度夸张的人面。人有面，但不好区分，这让后来的我大为伤脑筋：人前是可以把酒言欢、两肋插刀的朋友，转过身，就露出青面獠牙，只一口便能将你吞噬殆尽，连骨头渣也不剩。《帝京景物略》说，北京左安门外弘仁桥四月十八日碧霞元君诞辰庙会上就有卖鬼脸儿、鬼须的："纸泥面具，曰鬼脸、鬼鼻；串染髯鬣，曰鬼须。香客归途，衣有一寸尘，头有草帽，面有鬼脸，有鼻有须……"由此可见，鬼脸儿的来历已逾千年，穿越风风雨雨，凌空飞渡到我们小小的村庄，给我们普及人鬼常识。

再小一点，瓜棚豆架雨如丝，说鬼是乡下母亲的法宝。吃过晚饭，月上中天，众乡邻饭碗也懒得送，靠在墙根上、树根上，天南海北，天上地下，开始拉闲呱。根爷说，有一年去南乡卖陶盆，月光泛白，一个人走在空旷寂寥的田野上，咯噔，不知板车轧到什么物件，阻了一下，根爷没在意，想着赶紧投靠附近的店家，继续往前走。砰，一个声音传来，好像什么在敲击陶盆，根爷停下，啥也没看见；再走，又是砰的一声，比上次更为强烈，停下，还是没看见什么；再走，砰砰砰的声音响个不听，根爷这才想起了什么，往回返，在一个坟圈子里看见一只破碎的陶盆，这才恍然大悟：原来是压碎了人家吃饭的家什。我们不睡。年少时的我们好像有着惊人的耐力，打闹、哭泣，纠缠母亲，于是被母亲一把揽过去，说再不睡小鬼就来了，走过南岗子，趟过小河，从屋脊上跳下来，先咬小孩的小鸡鸡，再吃手脚。就怕了，双手捂住小鸡鸡，安静地钻进母亲怀里。梦很短，一梦就到了天亮；梦很长，一梦就是半截人生，说鬼的母亲早已入了土，不知在另一座村庄是否安好？

与更多鬼结识，源于《聊斋志异》。远在新疆的堂兄回来，带来几本白话聊斋，故事很短，有插图，有獠牙厉鬼，也有狐仙树精，更有傻到痴愚的白面书生。青灯黄卷，博取功名的路太漫长，就在寂寞的深宅做起人间美梦。我有天生的屏蔽功能，往往将只说鬼怪的故事略去，留下几个婉约的女子，梅女、小倩、玉版葛巾、画中女，悉数收藏在记忆，伴我度过冰与火的青春期。

后来写作，《聊斋志异》更是成为枕边书。蒲松龄“一世无缘附骥尾，三生有幸落孙山”，72 岁才补了个贡生，一生穷困潦倒，却成就了文学地位。想是不敢想的，每日里翻读，只希望能从蒲大爷身上找到一个狭窄的入口，励一下久未达成的志，在文学之路上颠扑前行。

乡村有鬼，几乎成为无可辩驳的事情，这在老年人身上有更多体现。仿佛那时候的乡村比现在浓黑，好像那时候的人真的能听见天地之外的回声，好像那时候的鬼还不像现在善于伪装，直到害人之后鞭之挞之才能露出原形。

福大爷去高庄听《莲花落》：“小寡妇泪涟涟，手拉着儿手荒郊前。手拉着儿女荒郊外，到了荒郊哭夫男，我的丈夫呀。”正月唱到十二月，直弄得福大爷泪水涟涟。弦声停，鼓声止，福大爷夹起小马扎回家，翻河堤，过小桥，眼前是一条明晃晃的小道，福大爷一直往前走，该拐弯的时候拐弯，该爬坡的时候爬坡，走了大半夜，愣是没找到家门口。清晨，根爷去拾粪，用脚踢了踢躺在坟头上酣睡的福大爷："福子，福子，也不怕凉，咋就在这儿睡上了？"福大爷睁开眼，看看坟圈子里满是自己的脚印，原是遭遇鬼打墙。至于那鬼的来历，你知道，就在大地上设下层层魔障。

不过是一张鬼脸儿，不过是尿尿和泥时的一种小游戏，我却心中有鬼地在这唠叨了大半天。看来，谁的心中都住着一个鬼，好鬼教人前行，辨明是非；坏鬼混淆视听，直到附了体，才露出狰狞的面孔。好在，鬼王钟馗在，夜色中站在小鬼面前，"呔！"一声断喝，众鬼归位，好好学习做鬼守则。

商羊之舞

第三辑

* 风俗篇 *

我们从古风中走来，

村庄安静而古朴

摔了一个狗啃泥

◎**摔跤**：源于草原角力游戏，场间庭院，观者嚯嚯嗨嗨，角力者赤膊，红绸扎腰跳踉欲试。汉画有记，中有裁判，发端于战事，而成娱乐一种。吾村小儿干仗，多无章法，咬手、抓面、咯吱腋窝，直至对方倒下。

二大爷长得人高马大，按他的话说都是早年吃红薯吃的，红薯会藏劲儿，再坚硬的土地也能长成一副好身板，用以强健我们的身体。二大爷不藏劲，来了兴头就在村口一招呼，喊来几个棒小伙子，摔跤。有人服气，操着袖筒站在一边观望；有人不服气，跃跃欲试，心想：都快入土的老棺材瓤子了，哪个怕你？

不怕就比试比试。二大爷的经典动作是把翻毛羊皮袄脱了一甩，二大娘嘟嘟囔囔赶紧接在手里，说，那么大年纪了也不嫌丢人，跟一帮青皮子置什么劲儿。眼看二大爷紧了紧腰间的红裤带，“嗨”了一声，双膀一用力，就将身旁的一个石砘子举起来。小伙子膀大腰圆，二大爷身强力壮，两人一上手就感觉到对方实力，蹚腿抓腰，你来我往，折腾得半尺厚的尘土飞扬。夕阳一打晃，将那些徒手博弈的日子落在身后。

有关摔跤的记载较早，在原始社会，人们为了争夺食物，或者部族之间发生斗争，就会徒手搏击。也有可能是因为一个貌美如花的姑娘，你说你们昨天还曾花前月下，我说我们早已互换了定情信物。部族长老出来说话，都别争，摔跤，谁胜了姑娘归谁。所以，如果你在今天的大街上看见两个男人打架，极有可能是因为某个躲在墙后掩口而笑的姑娘。

战国时期《礼记·月令》中记载的“孟冬之月，天子乃命将帅讲武，习射御、角力”，是说摔跤从军事训练手段演变成了娱乐表演性质的竞技游戏。临沂金雀山汉墓也出土了一幅绢画，上有三名男子，中间的那位双手作交叉状，一看就是一位有汉代“资格证”的摔跤裁判，两边的男人挽袖耸肩，虎视眈眈，眼看着一场好戏就要上演。

我小时候性子较怯，身板也不怎么结实，一般别人摔跤我在一旁观看。也有特殊的时候，有天邻村的二公鸡见我父亲从河堤上下来，半瘫的肢体一瘸一拐，就喊瘸子。我不依，红着眼睛脱了上衣，手抓脚踢嘴咬，还是被比我高出一头的二公鸡压在身下。父亲像一阵闪了腰的风刮过来，一只手抓住二公鸡的衣领子拎在半空，然后狠狠地丢在地上，任凭那小子哭爹叫娘。

——父亲早年也是一个摔跤的好手，领着一帮兄弟南南北北挑土墙，给人盖了很多遮风避雨的土房子。

奥运会里的摔跤项目来自希腊，相传雅典民族奠基人——英雄捷谢伊从雅典女神那里学来了摔跤规则，从而发展了摔跤运动，规则沿用至今。不过我不喜欢太过惨烈的运动项目，摔跤、拳击、自由搏击，血淋淋的场面大多与商业交媾，与“友谊、团结、公平”

的奥运精神背道而驰。

1993年我19岁，在齐齐哈尔卧牛吐跟随二哥在建筑工地上做工，嫩江边，包工头老马带领大家洗澡摸嘎啦（河蚌），风吹芦苇响，水清嘎啦香，两碗玉米纯酿入喉，有人提议摔跤比赛，输者喝酒。轮到我上场，对手刚好是卧牛吐本村的达斡尔族人，黑壮，我那时也是初生牛犊不怕虎，摔倒爬起来，爬起来再被摔倒，最后死死抱住对手的腰把他压在身子底下，老马从1数到10这才从地上起来。后来我们成了最好的朋友，达斡尔，意即开拓者的意思。

摔跤是力量与技巧的搏击，有一种内在的精神在相互之间传递。那达慕，是蒙古族的盛大集会，在成吉思汗时期是一种祭天活动，后来逐渐演变成了游戏、娱乐。在那达慕大会上获胜的摔跤手，将被视作勇士，获得至高无上的荣誉。比赛开始，悠远的蒙古长调《摔跤手歌》飘荡在草原上，摔跤手舞着手臂、跳着鹰舞入场。裁判发令，双方互相行礼，捉、拉、扯、推、压一系列动作下来，宛若行云流水。

摔跤有禁忌，不能抱腿、打脸，以及背后暗算。相比当下的某些人，偷梁换柱、暗箭伤人，不知光明正大了多少倍。

·商羊之舞

◎ **斗拐：** 王充《论衡·变动》曰：『商羊者，知雨之物也；天且雨，屈其一足起舞矣。』可知商羊为鸟。演为商羊舞，童儿屈其一脚，单腿而跳，且跳且歌：『天将大雨，商羊鼓舞。』以警民趋治沟渠，修堤防，将有大水为灾。后为斗拐，两小儿以拐相斗，而失传统之意，悲夫！

世间事物都有各自的秩序与法度，比如植物，生长在田野之上，被一缕春天的微风叫醒，揉揉惺忪的睡眼，开始丈量节气的长短。比如藏身在土墙里的蛇，听见六奶筛选、浸种的声音，呲溜一声从墙缝里爬出来，蹲守在时光的一隅开始觅食。比如人，也需要遵守法制道德以及伦理的制约，这是区别于动物之处；也有人蠢蠢欲动，以为能侥幸逃脱，所以百般胡来，殊不知总有一天会落身下马，混同于尘埃的一分子。

这些都是题外话，用在斗拐上好像有点大而无当。比赛开始，左手扳住右脚的脚踝，右手托住右边的大腿，脚掌着地，为全身的力量找到一个轴心。拐——意即膝盖，这时是初试锋芒的兵器，对准来犯之敌。

我个子矮，当然不能硬拼，四坏个子高，把拐顶起来大概能到我的下巴。所幸的是我和四坏一班，我们割草在一起，签树叶在一起，偷瓜在一起，斗拐在一起，只是到了后来，四坏爸妈都在甘肃，眼看四坏到了娶媳妇的年纪，就把他接了过去。每一个参与斗拐的孩子，都像憋红脸的小公鸡，单腿跷脚，喊着冲上去，笑着倒下，然后重新爬起，再倒下，再爬起。最后竟然只剩下四坏哥扳着腿在那傻笑，两个凸出的门牙在那守门站岗。

斗拐的由来，与干旱有密切联系。“风欲起而石燕飞，天将雨而商羊舞。”商羊，传说中的一种鸟，每逢阴天下雨之前，就有成群结队的商羊鸟从树林里出来，屈起一条腿，又蹦又跳。时间长了，人们看见商羊鸟出现，就知道雨要降临，于是家家户户挖沟开渠，疏通水路，为灌溉土地做准备。但是后来，或者是历史的变迁，或者是像现在有人破坏环境、偷采盗猎导致了商羊鸟绝迹，再也看不到商羊的足迹。每当大旱，人们就扮成商羊鸟，戴面具，拿响板，单足而跳，以求天降喜雨。

这是因生存而衍生的游戏。大旱之年，田野上的庄稼大片干枯，河道里的水被蒸发殆尽，就连村口的那眼老井，再也不见往日月光映照的波纹。无法之法，一个村庄里的人集体出动，以仅有的力气向天地祈求。前面是十几条汉子，抬着沉重的石头龙王；后面是悲切高亢的唢呐，声声直入云霄；中间是扮成商羊的舞者，一人手执一副木板制成的阴阳板。舞者身结鸟羽，足挂脚铃，仿佛一只只商羊神鸟重现，在空旷的老河滩上舞之蹈之。

我在离我们村不远的鄄城，也是商羊舞的发源地之一，看到过如此原生而沉郁的舞蹈。男舞者手执响板，左右上下摆动，打出简单的音符；女舞者身穿五彩羽衣，嘴里唱着祈雨的歌谣。脚下行走

◎ 每一个参与斗拐的孩子，都像憋红脸的小公鸡，单腿跷脚，喊着冲上去，笑着倒下，然后重新爬起，再倒下，再爬起。最后竟然只剩下四坏哥扳着腿在那傻笑，两个凸出的门牙在那守门站岗。

的路线，时而阴阳八卦图，时而绕八字，内罗城，外罗城，各种步法，暗合古老的哲学观，阴中有阳，阳中有阴，阴阳协调，万物丛生。

有一年四坏哥从甘肃回来，我们说起小时斗拐的游戏，他竟然哈哈大笑，说二大爷也就是他的父亲当年曾经专门教过他斗拐之法。斗鸡式：先发制敌，在第一个回合就以气势压倒别人，高速冲刺，将膝盖撞向对手胸部，此招个高者如四坏可用，我用则无疑自取灭亡。凌波微步式：此法诡异，如幻如影，闪展腾挪，在对手不注意时进行反击。枪挑滑车式：对战时故意将膝盖放低，诱敌深入，然后猛抬膝盖，四两拨千斤，将对方掀倒，此招我用合适。

《孔子家语·辩政》里的商羊是一种辩证之鸟，意思是说商羊起舞即代表干旱即将终止，也有可能会引起水患。“齐有一足之鸟，飞集于宫朝下，止于殿前，舒翅而跳。齐侯大怪之，使使聘鲁问孔子。孔子曰：‘此鸟名曰商羊，水祥也。昔童儿有屈其一脚，振讯两眉而跳，且谣曰：天将大雨，商羊鼓舞。今齐有之，其应至矣。急告民趋治沟渠，修堤防，将有大水为灾。’顷之大霖，雨水溢泛。”

这与我们村的斗拐基本无关，单腿跳起，单纯的快乐播撒于童年的土地，我只想问一句：远在他乡的四坏哥，你可安好？

七夕有梦

◎ **乞巧节：** 有巧无巧皆可讨，需在七夕之夜，乡村女娃若干，包素馅水饺，放硬币尚可，怕饺子里放上一枚花针，咬不巧扎嘴。我看女生吃饭，细嚼慢咽，想是乞巧节为针所怕。秦汉乞巧，置蜘蛛于木盒结网，以网线疏密为准，巧者密，乃寄予天意。

那天星光很好，老祖母一把把我揽进怀里。在童年，老祖母仿佛是我永远的依靠，是一只温暖的摇篮，摇啊摇，恍惚将我摇进一个璀璨的梦里。

老祖母做了一个长长的铺垫，说很早很早以前有一个放牛郎，嫂子对他不好，丢给他几个窝窝头，让他去老河滩放牛，原本九头牛，偏偏要回来的时候变成十头。我就问，有可能母牛下小牛呢？老祖母就笑，说故事的重点不在这里。牛郎赶着牛走了。在老河滩上放牛的牛郎很伤心，怎么才能让九头牛变成十头牛呢，这确实是一个天大的难题。

乞巧节，也就是农历七月初七，是女孩儿的节日。我不成，缠着三姐好大一阵子，也没能缠出个结果，就以和杨长顺叠飞机为名，跑进杨长顺家里。杨长顺有五个姐姐，一个比一个大一岁，所以很多女孩都喜欢到她们家里玩耍，学女红，交流只属于女孩儿的心事。小仓房里亮着灯，插上了门闩。看样子我们只能作为偷窥者出现，看乡村女孩如何度过一个神奇的节日。

老祖母在继续讲，秋蝉在树上鸣，我揉了揉惺忪的眼睛，问老祖母，牛郎带那几个窝窝头能撑几天啊，等不到第十头牛怕就饿晕了。老祖母仍然不理，说这一天牛郎为难得又在老河滩上哭，忽然听见不远处传来一声牛叫，抬头一看，真的多出了一头牛。接下来的故事更为精彩，但我不想侮辱读者的智商。在中国古代传说故事里，大多数都是大团圆的结局，唯独牛郎和织女不算，王母娘娘的一只金钗在天上一划拉，就出来一条宽阔的银河。说好了，只许一年一渡，剩下的时间迢迢相望。

这契合柏拉图对爱情的描述，当心灵摒绝肉体而向往着真理的时候，这时的思想才是最好的。而当灵魂被肉体的罪恶所感染时，人们追求真理的愿望就不会得到满足。所以从老牛出现的那一刻起，就注定这将是一段刻骨铭心的爱情。洗澡、偷衣，没想到一头沉默的老牛也能担当媒人的重任，将一位如花似玉的姑娘嫁给了一个苦水里泡大的苦孩子。

老祖母的故事讲完，很长一段时间我还沉浸在如梦如幻的情节之中。我家也有一头牛，我也会偶尔牵着那头老牛在老河滩上。风，穿过青青的芦苇，吹起柔柔的水波，我想，什么时候自己也能邂逅一段旷世情缘，在某位女孩路经此地时，向她表述无尽的爱恋。

小仓房的门很紧，但关不住女孩子们的笑声。她们终于在某个时刻按捺不住心中的狂喜，似乎每个人都咬到了藏在饺子中的硬币或绣花针。夜幕降临时，我就看见三姐端着一盆剁好的茄子，来到杨长顺家。物质贫乏的年代，她们有她们对七夕的表达方式。捏一锅素馅水饺，在里面包上几枚硬币，谁咬到，就算乞到了巧，这个人必是心灵手巧，将来也一定能嫁上一个如意郎君。

早在秦汉时期，乞巧就已经出现。当时，女子们将红色的小蜘蛛放在首饰盒等器物中，让其结网，等第二天打开时，通过网的疏密来判断女子的巧拙。这样的方式未免有些随机，一只在暗黑中隐藏的小蜘蛛决定了一个女子的快乐或失落。这个夜晚对她来说无疑是漫长的，双手在胸前紧握，祈求那只红色的蜘蛛辛勤织网，如此，才能在打开盒子时展露纯真的笑容。

我当自己是一个被时间抹去青春的人，只留下一个孤单的影子在空旷的老河滩上。年少时的那头牛还在，老祖母讲述的故事仍旧在继续，青青的芦苇荡还在，风吹起，在轻柔的水波中出现一个美丽的剪影。长长的发，一如竹林般静谧，明净的眼眸，藏着几许深情。或者，伸出一双白皙的手，巧笑倩兮，迷醉了今生。

——可谁知道，这是不是一场“杨柳岸、晓风残月”的梦？

晚风拂，柳笛声残

◎**响器**：人要发声，借助于器物，此为响器。有管者、腔者、喇叭口者，更有西洋诸器。吾村响器，自柳笛始，至泥口哨，到远古之埙，皆就地取材，哩哩哇哇，起伏于桑间濮上。迎亲曲，明媚高亢，吹的是《百鸟朝凤》；哀悼时，唢呐悲泣，一曲《大悲调》寸断肝肠。

在我的记忆里，春天从清明开始。头天晚上，父亲领着我去上坟。所谓坟已经没有了坟头，只有一片萋萋的荒草。父亲点燃一卷黄表纸，嘴里念叨着思念亲人的话语，大略是既然走了，到那边就别不舍得花钱，没有了我们会准时送来，人在，香火在，肯定不会忘了祖先。回去的路上，父亲忘不了嘱咐我折些柳枝，“清明不插柳，死了变成流浪狗；端午不戴艾，死了变成老鳖盖”。有谁愿意变成流浪狗和老鳖盖呢？薄薄的暮色中，我一闪身爬上一株歪柳树。

柳笛，用三月的新柳制成。此时树的汁液刚刚苏醒，从深埋的地下往上输送营养与水分。所以，皮与骨形成一个很容易剥离的润滑层，最适合拧柳笛。务必选一根光滑的枝条，没有芽结，“邦邦——呕吃”就像一句灵验的咒语，用光滑的柳骨敲一下拧好的柳管，尽力丢到最远处。一直到现在，我也没有弄懂此番动作的含义。

枯燥的日子大概需要一些律动的音符点染，我喜欢百无聊赖吹奏一支柳笛，在村庄里乱窜。这是极具诱惑的声音，每当听到一支柳笛响起，很多只柳笛都在暮色中响起。尖利的，高过屋檐，直奔星星的方向飞去；舒缓的，像村前小河里的水，缓缓东逝去；低沉的，像一头折返回家的耕牛，一声长长的哞鸣，宣告耕种的节气开始；还有清脆的，大多是细腻的女孩子鼓捣出来的声响，柳骨与柳管抽动间发出嘀哩的和声，脆瓜裂豆，鸟鸣啁啾。

还有一种泥口哨，形式仿佛一只鸟，在货郎李的木牛车上才能买到，二分钱，便可换来更为清澈嘹亮的声音。我对声音的敏感，来自草木生长的田野。喜鹊的叫声，麻雀的叫声，高亢的蝉鸣，跌宕的蛙鸣，蟋蟀的拖了一根长线的弹拨，都会引起思维的共鸣。这是我们共同的家园，除了歌唱还有更好的表达方式么？

埙的起源可谓悠久，漫长的农耕文明开始，田野上有了劳作的身影，男耕女织。最初大概是有人为了捕猎鸟兽，为了模仿鸟兽的声音，用泥土做成简单的口哨。随着时间的更迭与进步，演化为单纯的乐器，并逐渐增加音孔，发展成可以吹奏曲调的旋律乐器。最早的陶埙是在河姆渡遗址发现的，呈椭圆形，只有吹孔，无音孔，距今约七千年。

一只七千年的陶埙，在泥土中深埋，连同它一起深埋的还有那近似混沌的远古的声音。听埙，需要冥坐于烟青色的黄昏，云雨将至未至，夜风将来未来，一声轻唤，就像远方的亲人，田野上的花儿就开了，村庄里的树就绿了，风霜止步，沧桑似一个巨大的身影，在近乎悲凉的声音中缓缓移动。我听见过一种不知名的鸟叫，“呜——呜——”，在田野上传出很远，空旷、悠长，一瞬间打开周身的毛孔，刹那与天地融合。

每个人的来历都是一个难解的谜，你不知道自己的前生是一棵树、一株草，还是一只在大地上奔跑的兽。一段路，你会停下来，贴着泥土倾听，远处有大河涌动的声音，近处有指针滴答的声响，你甚至听见身体里的洄流，就像周而复始的节气，绿了，黄了，生了，枯了，就这样草木般从春到秋。

所有自然发出的声音，都与情感和血脉连通，所有的声音都有自己的表达方式，所有的表达都暗合悲欢。

吹响器是一种笼统的表达，在平原不是嫁娶就是吹奏死亡。滴滴答答的唢呐在吹，是红色的，是漫天朝霞，是奔走相告，是百鸟朝凤，是鸾凤和鸣。众人散去的灯光之下，红晕尚在，心头撞撞的小鹿还在。那个人是母亲，从少女的羞涩中蜕变成村庄里的女人。从此，家渐渐有了雏形。从此，你的悲喜哀乐将与她血脉相通。

死亡降临的时候，没有任何征兆，就像一株秋天的小草，在老河滩上过完悲欣交集的一生。村庄里的死，是喊出来的，是哭出来的，是唢呐与笙箫合奏出来的。一大清早，响器班子搭起一架简易木棚，有男有女，吊唁的人刚到门口，凄凉的音乐响起。依然是唢呐。在乡村，唢呐的声音高过田野树木房屋，直上云霄，仿佛那高亢凌厉的声音就是一位无形的引灵人。该走了，该交代的交代给儿女，该放下的都搁置在这片沉默的土地，该走的路不会很远，一生啼哭，一声喊，一声唢呐，一声唤，就站在了村庄之外。

晚风拂，柳笛声残，夕阳天外天。每年的清明，柳树还会生长鹅黄的枝条，每天还会有儿童在村庄的屋檐下吹奏柳笛。生，或者死，有欢快或悲伤的音符响起，就不孤单。

被一鞭子打醒的春天

◎**鞭春牛：** 为喜庆节日，也为一年农耕初始，造泥牛置于街，内藏花生糖果。牵牛、赶牛者多为成人，花衣涂面，且赶且唱《鞭牛曲》。我家养牛，黑老犍，胛高背阔，拖曳时光前行。只是捶牛过于残忍——缚于大树，将睾丸击碎。痛哉！鞭打春牛春初始，万象更新好种田。

牛是属于大地的忍者，是力量之神的化身，高高的肩胛，像一座鼓鼓的山包，平展的腰身，能安放沉重而素朴的流年。牛的眼，因布满春天的底色而清澈，而纯净，而饱含对人世的悲悯。一架沉重的犁杖，除了能犁开深深的泥土，还能犁开一个人往日的记忆。牛有着世间最为隐忍的性格，就像一个生在乡间的农人，躬耕于野，只为粒粒深情的谷物。

牛不是，牛的要求最为低廉，用血汗换回莹润的谷物，却甘愿咀嚼粗粝的稻草。父亲在老屋里抽烟，劣质的烟草气息混合着牛重重的鼻息。土墙上，牛的身影厚重而立体，折射出我们家艰难的生活。那些失去了汁液与养分的麦草，被咀嚼，被强大的牛的胃囊融解，就像我们吞咽一场场苦难的风雨。

日子总会慢慢好起来的，父亲说。日子总会慢慢好起来的，村庄里的很多人说。这是一个难以求解的方程式，我不知道他们的理由来自哪里。家,就是一个个破旧的院落;人,就是一个个面容憔悴的人。好像只有眼神落在牛的身上时,才骤然闪现希望之光。

立春是二十四节气的第一个节气,是天文意义上的春季的开始。立,始建也。春气始而建立也。是说从这一天开始,气温、日照、降雨,开始趋于上升,有利于春耕,有利于种子发芽生长。

鞭春牛,一个形式大于内容的民间仪式,代表村庄里的人对春天到来的欢欣,也代表春耕大忙即将开始。每个人的眼中都生出一缕绿色的焰火,每个人心里的那块土地都在渐渐复苏,每个人都喜形于色,好像一缕缕春风通过万千个毛孔渗透进日日与泥土相亲的血肉。

我们是把鞭春牛当作一场盛大的游戏看待的,同时,也有一些小小的期盼藏在心底。探花爷头上戴着高高的纸做的头饰,身穿藏青色土布棉袍在前面领着,动作夸张而神采飞扬。所谓春鞭,是用五色纸糊成,在手中随着身体有节奏的律动而摇晃。身后是另外一些或戴面具或者化了浓妆的村人,每人手中都有一把形而上的春鞭,每个人口中都念念有词,像是一场神秘而庄严的傩戏。

“一鞭曰风调雨顺,二鞭曰国泰民安,三鞭曰天子万岁春。”不知道何时流传下来的鞭牛曲,一经探花爷的嘴跌宕起伏,声声震痛鼓膜,一缕飘到天上,唤来春风春雨,一缕穿过田野,唤醒沉睡一冬的土地。所谓春牛,就是泥塑的土牛,由几个壮年劳力抬到村口,牛头朝向无边的田野,身后是我们居住多年的村庄。探花爷一声喊:“鞭春牛啰!”很多支春鞭扬起,击碎土牛庞大的身躯,大人抢碎裂的土块,我们抢牛身子里预先放好的花生、糖块,此谓之“抢春”。

高承《事物纪原》载：“周公始制立春土牛，盖出土牛以示农耕早晚。”是说周族是农业民族，统治者又重视农业，周公制鞭牛之礼是完全可能的。《周礼·月令》：“出土牛以送寒气。”汉代鞭春牛已相当流行。《后汉书·礼仪志》：“立春日……京师百官皆衣青衣，郡国县道官下至斗食令吏皆服青帻，立青幡，施土牛，耕人于门外以示兆民。”这说明鞭春牛的习俗在很早的农耕时代就已经出现，并作为一种神圣的仪式流传于大江南北。

我对牛的印象深刻，完全出于我家很多年一直养牛。父亲在月光下铡草，麦草、稻草、玉米秆，在月光下被铡成一寸寸小段儿。这些来自大地上的草木，最后经由一头牛重返田野。所以，我从不拒绝一头牲灵温顺的目光。它们不会像人一样思考，也不会我们的蝇营狗苟，甚至不知道什么才是自己的权利，只承担起耕种的义务。它们的肩胛是为田野而生，它们的力量是为大地而蕴藏。它们的眼神呢，是在告诉我们每一个人的来处无非是草木深处的一座座村庄。

一个人生而为人不是来世间攫获的，是一种与自然万物同呼吸共命运的肉体与精神的双重体验。牛所具有的悲悯，应该就是神的指引；牛所具有的草木情怀，就是我们应该遵循的秩序与持守。

纪晓岚在《阅微草堂》中有《戒杀牛》一章：“里有古氏，业屠牛，所杀不可缕数。后古叟目双瞽。古妪临殁时，肌肤溃烈，痛苦万状，自言冥司仿屠牛之法宰割我。呼号月余乃终。侍姬之母沈媪，亲睹其事。”是说古家以杀牛为生，后来古老汉双目失明，妻子临死的时候患了肌肤溃烂病，说是冥司用杀牛的方法割宰她，惨叫了一个多月才死去。

我相信这是一个流传已久的民间传说，以果报的方式告诉人们要善待世间的牲灵。信神在而为信仰，有了信仰才有对天地万物的敬畏，有敬畏才会唤醒一个人的初心。除此之外，人间别无他途。

只卖青林乐

◎ **捕蝉：** 蝉无辜，无聊幼儿多喜捕蝉。一竹竿，蛛网缠结于梢，蹑手蹑脚，靠近，一声惊叫，鸣蝉收于囊中。古时捕蝉贩卖，只卖青林乐，意即卖的是清脆嘹亮的蝉鸣，放于窗台，就能倾听天籁。不解，城邑太过嘈杂，车辚辚马萧萧，莫非蝉鸣有故土之意？

蝉的叫声并不聒噪，在炎热的夏日，热浪一波波袭来，反而显得有些清凉。也难怪，这小小的虫儿，从暗无天日的地下，经过了漫长的光阴，苏醒、蜕变，变成一只可以如鸟儿般飞翔的蝉，这本身就具有生命的某种独特的神秘性。

听蝉，一个人坐在时间的中央、世界的中央、大地的中央，听一缕蝉鸣从枝杈间轻轻逸出。开始是嘶哑的、试探的，声音是一条若有若无的线，从这一棵树上传到另一只蝉的耳郭里。就有了启发式的引领，于是两只蝉和鸣，这边低音，那边高音，这边音域宽广，那边音色纯正。接着，更多的蝉加入合唱，夏日的光束是挥舞的荧光棒，白杨树的叶子是高潮迭起的鼓掌。风来了，即便是夹杂着一股股浑浊的热浪，也在推波助澜这浩大的音乐专场。

你会感觉被蝉鸣包围，声音凝聚成一股巨大的力量，托着肉体飞升。这是一支绿色的合唱团，音符激荡中只想闭上疲惫的眼睛，

◎ 蝉无辜，无聊幼儿多喜捕蝉。一竹竿，蛛网缠结于稍，蹑手蹑脚，靠近，一声惊叫，鸣蝉收于囊中。古时捕蝉贩卖，只卖青林乐，意即卖的是清脆嘹亮的蝉鸣，放于窗台，就能倾听天籁。

任由蝉鸣的云彩随处飘荡，无论走到哪里，一伸手，抓一把鲜嫩的绿，滴落，长成田野上一株株青绿的庄稼。

捕捉知了，无须启蒙，一个在田野上自由成长的孩子，骨子里流淌着万物萌生的秩序。小的叫“伏了”，因发出“伏——了——”的叫声而得名。“伏”字短促而高亢，“了”字打了一个深深的波折，在空气中回旋。“伏了”暗绿，接近树皮的颜色，所以很难发觉，且警惕性颇高，还未走到跟前，吱一声消失不见。“小唧鸟”是知了的微缩版，黑中带着白色的斑点，像树干上的霉点，声音细而尖利，只能作为合唱团可有可无的陪衬。

所谓粘知了，就是捕捉大个的鸣蝉。方法是：找来一根长长的竹竿，一端绑上一个细长的竹签。竹签上的黏性物有三种：一种是熬制的普通胶水，这要到木匠六爷家去偷——木匠六爷做棺材，一堵墙还没立好，发现乳胶丢失了大半。一种是母亲熬制浆糊时的面筋，抻开如丝如缕，属于高黏度秘密法宝。还有一种，就是从墙角收罗来的蜘蛛网，团结在一起缠在竹签上，屡试不爽。

我小时候干过最糟心的一件事，就是用火捕蝉。夜晚降临，我、林子、横三，魅影般走在长长的河堤上，此时的蝉声已眠，没有谁能想到一个巨大的陷阱横亘在梦里。点火，火光照彻了树林。我们用尽吃奶的力气摇晃每一棵树，蝉趋光而飞，跌落在熊熊的火焰中，伴随着一声声嘶鸣，少年的罪恶被渲染得淋漓尽致。那些投火的蝉，无一例外，被横三用油锅烹炸，初始吃着过瘾，后来感觉到喉咙、肚子里扎扎拉拉。如果可以，我愿在今日的星光下默哀，为那些无辜的小小灵魂，为我逝去的投射出长长阴影的童年。

这样的情景，同样在《吕氏春秋》中出现过："爚蝉者务在明其火、振其树而已。火不明振柳何益？按今之捕蝉者，于黑夜置笼灯树下，而撼其树。蝉受震向灯而飞，因捕之。而周时即如此，行之数千年。此用火捕蝉也。《淮南子》谓之耀蝉。"可见在时间的册页上，人作为其他生物的对立面存在了千年之久，一边贪婪地品尝自然赐予的美味，一边坐在夕阳下听取抑扬顿挫的蝉声。

最为适宜的场景，当是一个人坐在柔软的藤椅上，一杯茶，一棵树，一缕淡淡的斜阳。蝉声无须太多，只是怅怅的秋蝉就好。作为秋虫的代表，一只蝉在村庄里度过了生命中最美的光阴，从一棵树飞向另一棵树，和另一只蝉耳鬓厮磨，在细细的树枝上留下爱情的结晶。所以，当你看见风雨中落下干枯的枝条，请不要忽视上面每一个细小的洞孔，成千上万只蝉的卵，在一场秋雨后混入宽广的大地，生命就是这样一粒粒种下，蝉的歌声就这样在漫长的黑暗中拔节。

古人爱蝉，取蝉通"禅"之意，在寂寞的光阴中坐化、涅槃，飞向时间的更远处。更有小儿对万千事物的好奇，所以催生出一种更为民间的商业方式。村居者捕蝉，放置在竹编的笼中，到京城贩卖，其吆喝声最为经典，堪比一首抒情长诗——只卖青林乐。一语道破禅机。

忽然想起"卖花担上，买得一枝春欲放"的词来，与"只卖青林乐"有异曲同工之妙。青林有乐，在山野，在村庄，在空旷的田野上，唯独在喧嚣之外，由一缕颤颤的蝉声延伸而出。

斗草春梦

◎**斗草之戏**：不是批斗，一株草只可用来展示其绰约风姿。《镜花缘》《红楼梦》皆有姑娘斗草，取其色，取其香，取其摇曳多姿，更有雅者，取其草名之意，『风吹不响铃儿草，雨打无声鼓子花』。看，还是古人文艺，一株小草牵惹出女儿娇媚。吾村斗草粗俗，结成草辫，跳绳、拔河，只可一观。

草是世间最为安静的物种，一株草长在大地上，倾听时间流逝的声音，发芽了，开花了，结果了，最后在秋天擎起饱满的子实。人不安分，村庄里的人闲来无事可做，就拿一株草说事儿，老牛拽、刺老芽、狗牙根，好像每株草都可作为度闲的道具，看日头转过树梢，听飞鸟沿着月光照亮的田野入巢。

一天就这样过去了，一年就这样过去了，一辈子就这样过去了，人才猛然惊醒，这流浪在大地上的一个人，怎么像极了一株生长在老河滩上的草呢。叶落知秋。

斗草的起源比较早，从《荆楚岁时记》可知，南北朝时期已有斗草的雏形，唐代便成为上至皇亲国戚、王公大臣，下至黎民百姓普遍喜爱的游戏。可见每一种游戏都能找到渊源，就像一个离家多年的孩子，无论怎样都会沿着一条蜿蜒的乡路找到旧时的柴门。范成大《春日田园杂兴》："青枝满地花狼藉，知是儿孙斗草来。"说的是有一天老头出门找老伙计下棋喝酒，回家来，栀子花、茶花、凌霄花，满地狼藉，心疼自不消说，自家儿孙说又不好说，骂又不好骂，只得叹息一声自己寻把扫帚打扫卫生。

我们小时候，与草在一起的时间比较多。大人们田间劳作，一帮野孩子在老河滩上玩耍，捏泥巴、斗蛐蛐、爬树捉鸟，玩够了躺在青青的草丛间，这时的草是松软的绿毛毯。我们的斗草大略有以下三种：

水畔取三棱草的草茎一根，推算将来谁家生男生女，想想就让人觉得荒诞。斗草的两个人各持一端，将草茎剖为两半，一齐朝中间劈去交至中心位置，再朝两边拉开。最后劈拉成菱形为男孩，若是“H”形将来肯定生个女娃娃。

再一种斗草颇为无聊——无聊才是每个乡村少年的特性。河滩上，沟渠旁，长着宛若地衣的袼褙草，说袼褙是说这种草伏地而生，其势如病毒蔓延，每一根草茎上都可以生出根来，每一株草茎都可以自成体系，挖下老株，剩下的茎须便长成新的植株。取其长者，一根根辫结起来，渐长，可做跳绳；再长，可为绳索，直至成为一条绿色巨蟒，玩耍后丢在老河滩上，夜晚捉知了猴的白婶看见，说遇见了一条蛇，这粗、这长——说完，惊魂未定、羞红了脸去换下裤裆湿答答的裤子。

另一种斗草之法，方便简洁，两人各持草茎的一端，并使双方的草茎勾连，然后用力拉。谁的草茎被拉断就为输的一方，反之为赢。所斗之草皆有韧性强、耐拉扯的特性，如车前子、狗尾草、杨树叶的叶柄。

以上斗草皆为小儿科，想我们出生在穷乡僻壤也没多大见识，只能在凌乱的草丛间捡拾一些简单的快乐。宋人龚明之在《中吴纪闻》中提到，吴王夫差和西施经常玩斗草。唐代诗人刘禹锡也以诗记之："若共吴王斗百草，不应如是欠西施。"可见名人效应，使一株名不见经传的小草与历史发生勾连。

《镜花缘》中的斗草更有水准，大概是说古代的文艺女青年相遇，以斗草比试聪明才智。说紫芝进了百药圃，喊住正在采花折草的陈淑媛、窦耕烟，说："这斗草之戏，虽是我们闺阁一件韵事，但今日姐妹如许之多，必须脱了旧套，另出新奇斗法，才觉有趣。"窦耕烟道："能脱旧套，那敢情妙了。何不就请？"接下来紫芝便说了一个脱了旧套的斗草之法："古人有一对名对对得最好：'风吹不响铃儿草，雨打无声鼓子花。'假如耕烟姐说了'铃儿草'，有人对了'鼓子花'，字面合式，并无牵强。接着再说一个，或写出亦可。如此对去，比旧日斗草岂不好玩？"

如此看来，古人在游戏方面也比我们玩得精彩，草可以入诗，也可以入画，更能将一株草提高到增益智能的层面，也就怪不得有人说，从某一层面来讲，人类发展到一定阶段会呈现退化趋势了。

既然是斗，时间长了难免发生异化。在唐代，斗草不仅仅是妇女儿童的最爱，成年男子也颇好此。李白在《清平乐》中写："禁庭春昼，莺羽披新绣；百草巧求花下斗，只赌珠玑满斗。"一出手便是大手笔，只赌珠玑满斗。

有一段时间，离我们村不远的单县县城有人开着小车来到乡下，专找僻静处，如荒草离离的草丛中、果园里，设下赌局。村里资深赌民李二棍仰仗自己开了一家砖窑厂，夹着包也跟着钻了进去。刚开始，李二棍几乎每天都赢，捋着细细的羊胡子招呼一帮兄弟晚上到家喝酒。第三天，第一把赢三千，待夕阳落在草尖，输了五万。第四天输得更惨，临了把在县城买的房子押上，愣是眼睛没眨就输了进去。几十万，对于一个乡下小富之家无疑是致命的打击，为了躲债，他第二天就带上老婆孩子跑了出去，在外打工一打就是三年。

这与草无关，我只不过透过一株无辜的野草看见村庄的另外一面。“疑怪昨宵春梦好，元是今朝斗草赢。”是输，是赢，不过是一场春梦。

老鼠也有自己的节日

◎**老鼠嫁女**：为民间传说，有正月十五，有正月初七，有腊月者，因地域差异而不同。目的相仿——鼠多扰人，消耗食粮，或敬，或劝，或一把火置于村头，驱赶鼠爹鼠娘不再返回，皆祈愿耳。我村老鼠嫁女，正月十五放鞭炮，男人女人聚集村口，其架势真的像是在看一场嫁女仪式，小老鼠顶着蒙头红，弯腰进轿，唢呐响起。

我睡在低矮的老屋里，没有人陪伴，没有人和我一起玩耍，窸窸窣窣的声音，从房梁上传来，我便眯缝着眼睛，假寐。是一只很小的老鼠，在我头顶五尺高的地方试探着走出遮蔽的屋檐。小老鼠在逡巡，晶亮的眼珠像两粒缩小版的黑豆粒儿，它在张望这个陌生的世界，蹑手蹑脚，轻呼吸，甚至害怕惊掉房梁上的一粒尘埃。

它在走，好像每一步都命若琴弦。而我，只是一个与它年纪相仿的孩子，在村庄的屋檐下苏醒，用尚算清澈的婴孩之眼，看一只老鼠如何走向外面的天空。一声咳，让我想起那天的自己，因为发烧，因为浑身无力，才仿佛被遗弃般丢在空寂无人的老屋里。小老鼠吓了一跳，在刚要失足落下房梁的刹那，一只大老鼠风一样赶到，叼住了小老鼠的尾巴。

这是我对老鼠的第一印象，以至于在后来的很多年，我都能理解作为一只鼠如何在乡村的屋檐下与人同眠。母亲从来不这么认为，民以食为天，母亲抱着同样的理念，老鼠只能作为窃取者，一边安之若素侵扰我们的生活，一边大模大样从母亲的脚边走过。围囤里的粮食，总有一些变为鼠粮，让母亲大为光火。下鼠夹子，投放药饵，从外祖母那里抱来一只大黑猫，以期保卫我们用血汗换来的粮食。

正月初七的鲁西南，落下冬天里的最后一场雪。这一天母亲早早叮嘱，女孩子不能做针线，男孩子不能玩火，大人们更是不能点灯。目的只有一个：老鼠嫁女。这对我来说是新奇的，想一只老鼠如何能像人一样长大成人，并在及笄之年盛装出嫁。想归想，有些问题即使想破头，也远远不如时间给予的答案准确，于是暂且放下，看村庄里的人，如何借用一场成人游戏，表达内心的真实愿望。

敛钱，多少自愿，屠夫胡大海五十，豆腐李十块，一个人过活的二娘，颤巍巍从兜里摸出两角钱，递给队长牛二，说总能买一只钻天猴吧，把老鼠送得越远越好。买鞭炮，队长牛二安排老油坊家的二小子，骑上大金鹿自行车，冒着雪，去不远的张庄。鞭炮买来的时候，落雪的村口已经人头攒动，大人抱着孩子，老人拄着拐棍儿，男人跃跃欲试，在商量着把万字头的炮仗挂在哪个树杈上。女人胆儿小，借助一面土墙，踮着脚张望。

写老鼠嫁女，我以为最好的是本土作家耿立，《月光下的蒙头红》，一篇短短的文字，借用童话的方式表达了乡村孩子的真实情感。“小姑娘接过红布，眼睛里快要冒出了泪水，在月亮下，闪闪的亮，小姑娘给老奶奶深深地折下身子，鞠了一个躬。小姑娘走了，刚到大门口，就有很多的人蹿上来，把蒙头红给借红布的姑娘蒙上了，老奶奶探出身子，仔细一看，这些孩子的身后，都拖着一条细细的尾巴呢。”

我也在想，我童年时遇见的那只小老鼠，后来长成了什么样子，是不是记得生命中的第一次冒险，是不是记得蹒跚学步时母亲关爱的眼神，是不是记得一个乡村少年轻轻的咳，是不是也在落雪的夜晚在一位头发银白的老人门前细声细语地说：“我们要做一个游戏，娶亲少一块蒙头的红布，快要年关了，就凑着这白夜，大家说，我们借一下唢呐啊、喇叭啊、锣鼓啊、红布啊，在今天的夜里娶亲呢。”

我知道，这是文学家惯用的伎俩，在真实与虚无之间展开丰富的联想，用清水洗涤过的一支笔，记录万物之于人世的经经纬纬，以期唤醒人类趋于泯灭的悲悯之光。

《诗经》中的《相鼠》，有更深层次的教化意义。“相鼠有皮，人而无仪。人而无仪，不死何为？”是说作为一只老鼠尚且爱惜自己的皮毛，人怎么就能没有一点羞耻之心呢？人如果连羞耻心都没有的话，去死算了，还有什么脸面活在这个世上？看来老鼠的出现基本上与人同步，伴随着农耕文明的萌芽与发展，一只小小的老鼠也堂而皇之地登上了历史舞台。

与其说我们村的老鼠嫁女开始了，倒不如说是有关春节的最后一场游戏开始了。而后惊蛰、谷雨，人们开始奔忙在田野上，忙于各种农事。

万字头的炮仗炸响，一声电光雷鸣，震耳欲聋，土墙上的泥土簌簌落下，硝烟聚成的烟圈由小变大，飞升到树梢。钻天猴的灵妙，在于点燃者拿捏的力度。重了，头重脚轻，一下钻进破棉袄，跳叫中身上冒起浓烟；轻了，呲溜一声，才能钻入飘雪的天空，清脆的炸裂声一定让漫舞的雪花惊悸。最为惊悚的当属拉鞭，拉鞭即拉着燃放的鞭炮，有的坐地成花，似火树银花；有的像一只地老鼠，嗖嗖乱窜，所到之处笑骂声、尖叫声此起彼伏；有的就地炸响，平地惊雷，吓得谁家孩子哇哇直哭。拉鞭的人专往人多处、女子堆里扎，以至于后来的很多天都被村里的女人翻白眼。

我到底是没有看见老鼠嫁女的场景，此时的大雪已经染白了整座村庄，零落一地的纸屑，渐渐混入飘落的雪花。长夜来临，墙角里的鼠们仿佛知道今天是为它们冠名的节日，比往日闹得更欢。也许，再过许多年大地上还有我们居住的村庄。也许，再过许多年村庄里的我们仍然与鼠同伴，童话中的蒙头红，映红屋檐下的雪。

·九九消寒冬去也

◎ **消寒图：** 纸上的节气，父亲用一枝秃笔蘸取染布的胭脂，从枝干上的第一朵梅花开始，数九。一朵、两朵……九九八十一朵，冬去春来，村前的小河上流过金戈铁马的凌汛。『亭前垂柳珍重待春风』的文字消寒图，据传是由道光皇帝所制，却原来，我父亲在做着和皇帝一样的事情。节气不管，该热时热，该冷时冷，白驹过隙间，庙堂与民间过的是同样的日子。

一九、二九。父亲捏着一毛钱走到门口，送消寒图和灶王爷上门的是同一个人，卧龙岗的弯腰老九。老九和父亲是老相识，以前父亲身体好的时候俩人搭伙挑墙——挑墙就是盖土屋，用麦秸和泥，一铺一铺甩上去，直到土屋建成，累成个熊样。父亲得了偏瘫，老九患了哮喘，都成了不中用的人。

父亲递钱，老九推搡，拗不过接了。说，宋老三，梅花还是铜钱，反正知道你也不认识一个逑字。

在我们这里，消寒图有三种：

其一是最简单的，叫画铜钱。横九栏，纵九栏，每格中间再画上一个圆，共计九九八十一枚铜钱。上阴下晴，左风右雨雪当中。根据每日的天气实况涂抹铜钱相对应的地方。

其二是一幅雅图。弯腰老九从胳肢窝里抽出，顺手拈一张土拙的版刻，上面画了一枝梅，素梅。父亲接下来要做的工作就是从冬至这天开始数九。《帝京景物略》云:“日冬至,画素梅一枝,为瓣八十有一,日染一瓣,瓣尽而九九出,则春深矣,曰九九消寒图。”天知道为何我父亲瘫着半个身体还有这样的雅兴,每天睡前的最后一件事,就是用母亲染布的染料给梅花涂色,八十一瓣梅花都染完,冬去春来。

其三只有我们村的老会计才会选。文化意味太浓,就像当下的文学,太小众。选择九个九画的字联成一句,比如“亭前垂柳珍重待春风”(繁体),一日一画,兢兢业业填完,燕子归来。

三九、四九。刚好小寒节气,屋檐上挂着冰凌,白毛风在旷野上呼呼地吹。母亲带着我,我双手操着袖子,怀里抱一把铁锹,去挖白菜。青黄不接的季节,我家的日子也捉襟见肘。母亲说,前些日子窖上的白菜,坏的吃,好的赶集去卖。

凿开大地上的冻土,却凿不开我对日子的热情,鲜嫩的白菜埋在地窖里正要酣然入梦,被我们硬生生地从土炕上揪起来,冒着雪,顶着风,目标——冷冷清清的集市。那是我第一次作为一个小贩赶集,头上的猪耳朵帽子遮不住刀子一般吹来的风,扎得脖颈子生疼。母亲在一旁吆喝,我缩着脖子,操着袖口站在风雪中望向天空。天空一片白茫茫,白茫茫的雪,白茫茫的一片大地真干净,就是没有一个人肯光顾我们的白菜摊子。临了,三义春羊汤馆的老板看着不落忍,兜去了几棵,总算换回一点油盐钱。回去的路溜溜滑滑,母亲在脚上绑了一根绳,增加摩擦。我呢,吃完一个热烧饼,不好好走路,在旷野上像一匹不知忧伤的小野马。

时光就是这么过来的,无论你是否愿意,风还是风,雪还是雪,屋檐上的冰凌还是冰凌，像达摩克利斯之剑，闪闪亮、亮晶晶，不知哪天就会凌空落下。

五九、六九，沿河看柳。说着说着，父亲的梅花消寒图就画了大半，火盆里的火还旺着，母亲教三姐、二姐学习女红，言及未来，说乡下女孩子就要有个乡下女孩子的样子，要刷锅做饭，要针线缝补，要洗洗涮涮，要相夫教子，好像乡下日子就是乡下女人一肩挑，男人只负责在外耕田做工。那么母亲呢？后来我常想：在父亲偏瘫多年的岁月里，她肩头上扛起了多少日月，胸中又流淌过多少激流？

柳是村庄的标志物之一，在水边，一株柳从出生到长成歪脖子老柳需要漫长的时间。四月柳絮轻扬，每一朵飘扬的柳絮中都有一粒小小的种子。“絮是柳的精魂”，我在一篇文章中如是说。“纷纷，似一场四月的雪，从柳树开始，从这一棵守望在故乡水湄的柳树上，生出那么多飘雪的乡村旧事，一片片漾开，一朵朵轻飏。你伸出手，轻盈的柳絮若即若离，刚要触及指尖，却被一阵风吹远。乡愁也是这样，来时亦纷纷如雪，落在梦的每一个角落，却长着一双看不见的翅膀，昼与夜，轮番交替，飘进思绪。”

那么，此时的柳树正在苏醒，皴裂的树皮上有隐隐的青痕，柳若醒来，大地上的事物都会醒来，返归的鸟，蛰醒的虫，必将驱走这满目的荒寒，还给我们一座生机盎然的村庄。

七九、八九。父亲从浓浓的夜色中醒来，一头黑犍牛是父亲多年的伙伴。牛屋在村后，父亲和牛住在一所房屋里，我和父亲睡在一张地铺上，豆秸、麦秸、玉米秆，松松软软度过一个寒冷的冬天。

梅花图在土墙上挂着，人一抬头，牛一抬头，都能看见。人看见了知道春天近了，父亲会在草料里多加几把玉米面；牛看见了知道土地快要耕种，努力加餐饭，让肩胛上的突起更加结实、强健，以对抗繁重的课业。

我站在河边等河开。很多年我都没能忘记河开凌汛澎湃的样子。这是冰封已久的热情，这是汹涌撕裂的呐喊，这是时间打败时间，潜流终于不肯再沉潜，涌动着、堆叠着、呼喊着，向时间的纵深处流淌。

九九燕归来。父亲攏了一下眉，父亲叹了一口气，父亲伸了一下腰，父亲沾着最后一滴胭脂红，将从弯腰老九那里请来的梅花消寒图涂上最后一笔，把手中的秃毛笔重重放下。

按说，九九消寒图不能算是一个游戏，父亲只不过在漫长的冬天无可依傍，一张纸，一支笔，只为排遣内心的孤寂。然而，消寒图又只能算是一个游戏，寒冬袭来，一家人围坐在火盆旁边，烧几枚花生，崩几粒玉米，溅起的火光就像倏忽而逝的花朵，点染成梅花的胭脂红。

柳树青了，燕子呢喃，憋了一冬的牛打了一声响鼻，腿脚深深植入脚下的泥土。耕田人头戴斗笠，烟青色的天空飘来一丝细雨，“哦——咿——”的吆喝声驾驭着春天。我站在背景的某个角落——多年以来我习惯站在乡村的某个角落，注视这片生生死死的田野。九九消寒冬去也，而父亲早已化作一抔泥土，以露珠的方式在叶子上睁开双眼。

·追赶月亮的人

◎**走月亮：** 月亮为女性，乡村为母性，女性的月光落在母性的村庄上空，像是披了一层神秘的裙纱。日常的裙纱之下有日常的命运，乡间的女孩不一定都渴望成为母性村庄里的女人。她们在作别月光下的村庄后远赴天涯，『雁字回时，月满西楼』，不知还会不会想起走月时的祈愿，月满天心，华枝春满。

起先，只我一个人走在月光下。中秋，田野上收秋的人影散尽，飘荡着谷物的香，一只刺猬窸窸窣窣从麦草垛里钻出来，抖落身上的麦秸，抖落一地月光。刺猬也是一个人，小小的影子在草丛间缓缓移动，它要去哪里，嗅了嗅鼻翼，仿佛发现了什么，走到沟边，蜷缩身形，一骨碌滚了下去。

我无暇顾及，我只在乎自己的影子。人小，影子也小；月亮大，月亮照耀着我和影子，在乡村缓缓移动。我对影子充满了好奇，一个人活在世间，能终生陪伴自己的恐怕只有影子。有足够的光亮，影子也跟着清晰；光亮弱了，人的影子也在大地上若隐若现；直到伸手不见五指的夜晚，影子不见——但影子肯定在，我向东它向东，我往西它往西，我躺下睡觉，影子打了一个哈欠和我的身体重叠。由此，我断定，只有影子和我同呼吸共患难，一起欢乐，一起孤独，一起走向永恒的墓室。

后来是三三两两的人，谁想辜负这明媚的月色呢？夜来香在夜风中幽幽开放，菊花迎向清澈的月光，在倾诉心曲。那些明媚的女子、衣衫简洁的女子，嬉笑之后变得无比安宁，就像圣洁的月光女神。在村庄，走月亮是一个由来已久的游戏，又称踏月或拜月。踏就是换上一身素衣，三五结伴在街市或者郊野阡陌上游走，遇见鸣声清亮的蛙，遇见蒹葭苍苍的芦苇，遇见红蜡烛般燃烧的野菖蒲，也遇见自己——一个素朴的乡下女子。除了如此在月光下孤寂行走，还能做些什么？

秋月是在中秋节的第二天走的，那一年卫青 18 岁，秋月 19 岁。有人看见两人分别在月光下，影子忽远忽近，说话的声音时大时小。春月站在一片树影下——春月是秋月的姐姐，三年前也是这样一个夜晚，急匆匆消失在月光下；三年后从遥远的广东返回，穿金戴银，像一只光鲜的凤凰落在了乡村。村里人都来看，座驾是一部白色的小轿车，开车的是一个红光满面、年过半百的城里人，穿皮鞋、打领带，说话啼哩吐噜，一个劲儿给大家伙儿让烟。

我对月亮的印象来自老祖母。夜色微凉，月色微凉，老祖母牵着我的手走在窄窄的小胡同里。“看，隔着那堵墙，停在屋脊上的是月姥姥。”我叫，月姥姥，月姥姥，月亮也不吱声，一下弹跳在老根爷家的枣树上。枣树是脆铃枣，香甜、酥脆，现在只剩下几粒红红的枣子挂在树梢上。老根爷隔着土墙喊：“那边是白娃子吧？那个春月、秋月去笸箩里抓把枣。”我就吃上了秋月家的脆铃枣。

嫦娥遇后羿，原是天作之合。月亮升起在树梢上，桂花飘香，月桂为媒，天地为证，成就了一对神仙眷侣。尧时代，天有十日，

"焦禾稼，杀草木，而民无所食"，尧就派后羿射下九个太阳，民于是让尧做了天子。后羿觉得自己是大功臣，就向西王母要了不死神药，交给嫦娥保管。坏就坏在逢蒙身上。他去偷窃不成欲要加害嫦娥，嫦娥情急之下吞下不死神药，飞天，滞留广寒宫。广寒宫里清冷寂寞，嫦娥于是催促吴刚砍伐桂花树，让玉兔捣药，想要配成飞升之药到人间与后羿团聚。

这是老祖母常常给我讲的故事，一对玉人人间、天上，不得不让人忧伤。所以走月亮那天，村里的女子静静悄悄，娉婷的身影在月下游移，设香案，对月而拜，或轻歌曼舞，这一走就是两千年。两千年的月光未曾改变，两千年的村庄还在生生死死，两千年的桂花树像是一个隐喻，将婆娑的树影投映在村庄上空。

该走的终是要走，卫青没有挽留。春月返乡的这些时日，卫青能看出秋月的改变与波动，衣服比以前好了，衬得身材该翘的翘该凸的凸。"专科，"有一次秋月轻咬牙齿对卫青说，"专科上了有什么用，到头来还是出去打工。你要去你就去吧，不用管我，我姐现在好着呢，来年要给我家盖座楼。"卫青也咬着牙，双手捂住脸，泪水直流。说完就完了，打小的青梅竹马敌不过时事变迁，树影下的誓言敌不过落花流水。

老根爷终是没能住上春月、秋月盖的楼，檐雨滴答，村庄变成了一座空城。年轻的都走了，混了几年接走了儿子、女儿，留下一群行将入土的老人在空寂的月光下行走。

远处是时光的岸，轻轻的歌谣湿淋淋地从记忆里上岸，"圆月，圆月，一斗麦子一个"，"圆月，圆月，来年的日子好过"。《清嘉录》

载:“(中秋夜)妇女盛装出游,互相往还,或随喜尼庵,鸡声喔喔,犹婆娑月下,谓走月亮。”这是江南吴地的走月场景。而在中原地区,村中的妇女多是用面粉、红枣做一种叫“月”的食品,月下分食,以示对上天赐予谷物的敬拜之情。

几年后的一天,村庄里迎来春月和秋月的骨灰,胡子拉碴的卫青一从警车上下来,人们仿佛就明白了什么。如今,再也不见走月亮的人,而我也只记得自己从老祖母的肩头滑落,一个人,踩着自己的影子向前行走。前方在哪里?前方就在前方。月光不说,婆娑的树影不说,只投映下万物之影,寻找当年追赶月亮的人。

秋千依旧的黄昏

◎ **荡秋千：**《白狗秋千架》提及一段无望的爱情，莫大爷曲里拐弯无非是想拉大不同命运之间的距离。古代秋千，以兽皮制成，多设于富家、皇宫；吾村秋千简单，两棵树，一根绳，亦承载云端旧事。一人坐，一人悠之，飘浮尘上。

我们村的秋千结构简单，一棵枣树，一棵歪脖子柳树，一边拴上一根绳，绳上系上一块窄窄的木板，就能荡起无边的笑声。秋千不是属于某一个人的，其中暗含着朴素的乡村秩序：谁来得早些谁就先玩上一会儿，后来的分享先到者的快乐，也不会强势插队。

我对秋千的迷恋源于悠然跃起的刹那，村庄地处平原，不见莽林山野，更难见浩荡之水。好歹老河滩上有一湾瘦瘦的小河，日夜不倦，仿若村庄的血脉。四坏哥人高马大，所以悠起秋千来能达到别人难以企及的高度。高一些就高过低矮的河堤了，目光穿过杞柳丛，看见一条在春天蛰醒的青花蛇，在对着一朵野花吐信子。再高一些就看见村外的麦田了，麦浪起伏，能看见布谷作为楔子的麦收场景。若是再高一点点，就闪进云端了，怕抑制不住的惊呼打扰了某位过路的仙子，看我们村的秋千实在好，盘算如何在村子里永住。

◎ 高一些就高过低矮的河堤了，目光穿过杞柳丛，看见一条在春天蛰醒的青花蛇，在对着一朵野花吐信子。再高一些就看见村外的麦田了，麦浪起伏，能看见布谷作为楔子的麦收场景。若是再高一点点，就闪进云端。

秋千的来历与人类的发展史密切相关:上古时代的先人生活在浓密的山林,以手代脚,在树枝间荡来荡去,过着一份原始而单纯的生活。至于后来以绳索悬挂于木架,下面拴系踏板的秋千,春秋时期在我国北方就有了。《艺文类聚》载:“北方山戎,寒食日用秋千为戏。”秋千最初的写法应为“鞦韆”,当时拴秋千的绳索为结实起见,通常以兽皮制成,所以秋千两字的繁体均以“革”作为偏旁。

寒食近,我母亲做好了祭祀祖先的贡品,叮嘱我不要偷嘴,并以三狗叔为例做进一步告诫。我母亲说,有一年寒食节三狗叔实在耐不住馋虫的勾引,吃了一块炸焦鱼,第二天脸肿得像个小笆斗,三狗娘一猜就知道是吃了先人尚未享用的贡品,多烧了几炷香,求先人开恩放过尚不懂人事的子孙,三狗叔脸上的肿才渐渐消了。我想:这是哪门子先人,不就是一块炸焦鱼么,未免太过小气。不过想归想,还是不敢越雷池半步,怏怏去了老河滩,在荡来荡去的秋千上看云。

秋千传到汉代时,尚为宫中之戏,作千秋,为祝寿之辞,后倒读为秋千。马致远《汉宫秋》说的是汉代女神王昭君的故事。汉元帝后宫寂寞,派毛延寿到民间选美,昭君美貌但不肯贿赂毛星探,被毛延寿在美人图上点了破绽,即便入了宫也是独处冷宫,只能一个人在冷宫里荡一架传奇的秋千。秋千不会知道下面的结局:东窗事发,毛延寿逃至匈奴,将昭君画像献给呼韩单于,让他向汉王索要昭君为妻。

昭君和番,这样的故事未免太过狗血,但昭君不舍故国在黑龙江里投水而死还是能彰显出一些民族大义。“过宫墙，绕回廊；绕回廊，近椒房；近椒房，月昏黄；月昏黄，夜生凉。”只剩下一架空荡荡的秋千，在黄昏的冷风里寂寞摇荡。

我读《金瓶梅词话》，里面竟然说到，荡秋千一方面可“摆洊”——医治疾病，另一方面可以“释闺闷”。第二十五回写五月娘、孟玉楼、潘金莲、李瓶儿在花园里荡秋千的场景，据说出自唐伯虎的《秋千诗》：“二女娇娥美少年，绿杨影里戏秋千。两双玉腕挽复挽，四只金莲颠倒颠。”这时的秋千未免情色，但治疗青春抑郁症的疗效显而易见。

我们村的秋千没那么复杂，既无汉宫的传奇与冷艳，也非兰陵笑笑生承载市井俚俗的器皿。一俟春月，药香的艾草钻出地面，燕子低飞，枣树与歪脖子柳树上就结满了童年欢快的笑声。

我有一个可怜的梦想，就是在垂垂之年还能在村庄里居住。背景不要太绚丽，一架老屋，一轮鸡蛋饼子似的夕阳，一个黄昏，和一架摇荡的秋千，春风依旧。

重阳、茱萸，以及其他

◎**重阳节：**九九

重阳今又是，『遍插茱萸少一人』。天高地远，适合想念亲人。茱萸，花黄，结红色果实，恰若一盏盏黑夜里的小灯笼，沿着血脉的流向，寻找那一份属于血缘之间的爱。

大哥十九岁离乡，吃猫肉，喝劣质酒，与人打架，曾勇猛如一头雄狮。怎奈时光捉弄，变成一个爱絮叨的小老头，唏嘘间，颇多怨责，却找不到一个合适的方式与理由。唯梦中呓语：返乡，返乡。

古人多情，褒衣博带去访友也要大做文章，访人不在，“小扣柴扉久不开”也要自作多情，欣赏起来人家出墙的红杏。“西出阳关无故人”“桃花潭水深千尺”，好像一个个都是人间多情种。相较于现在，对面邻居、楼上楼下也能做到老死不相往来，更毋庸说兄弟、朋友相别。出门时狠狠说上一句：“阿弥陀佛，可算是送走瘟神。”眉目之间大有如释重负之感。

我小时候学到王维的《九月九日忆山东兄弟》，心下甚喜，原来王老爷子是山东人，自己一个人出门在外，难免凄凉，到了九月九日这一天找一个比较高的地方，远看云卷云舒，近看菊花金黄，将一枝茱萸插在袖筒子上，一时心境悲伤。真实的情况是，王维时迁居于今日的山西济州，在老子西去的函谷关以东，所以称作山东。另一个乌龙是：我生长在中原地区，从小也没见过什么茱萸，以为是草本的地瓜秧子插在高高的土丘上，诗人一到九月九日就会站在叶子蓊郁的地瓜田里抒发起思乡之情。

惭愧加羞愧，看来蒙田“只有具备一定的学识，才能察觉到自己的无知”，所言不谬。茱萸，又名“越椒”“艾子”，有吴茱萸与山茱萸之分，山茱萸的产地多在秦岭腹地与汉中。春来开黄花点点，布满山野，秋来结火红色果实，串串如枸杞，“味酸涩，性微温，有补肝肾、涩精气、固虚脱、健胃壮阳之功能”，可制六味地黄丸。

大哥 19 岁离家，跟我第一次出门远行差不多的年纪，在我出生到二十几岁之间只见过一次。那年刚有记忆，母亲说大哥要从东北回来，激动得我一晚上合不拢眼：大哥长什么模样？是不是像别人家的大哥一样，衣锦返乡，吃的玩的用的带不动，所以才让我和二哥去单县接？在未见到大哥之前，我把所有的美好都给予明天，清晨一骨碌从床上爬起来，站在深秋寒意凛凛的院子里。二哥把板车绑在自行车上，带着我一路摇摇晃晃去县城。

我能理解父亲在秋天的心境，一个硬朗朗的汉子终于把自己摆平成了偏瘫之躯，很多年，大哥、二哥都因为家境贫寒去了关外，自谋生路，剩下父亲、母亲、姐姐和我几个老弱病残。他一定在想，这两个没良心的小子不知道混成了啥样，就像多年之后他在病榻上问我：“外面不好混吧？要不你大哥、二哥咋也没个音讯。”我不能言，面对一位以半个身体与时间对抗的男人，所有的屈辱、无奈与愤恨全在浑浊的泪光里。所以，给父亲送葬那天，我执意要大哥、二哥回来，哪怕送上一程，也能了了父亲的心愿。

重阳节插茱萸的习俗，最早见于《续齐楷记》中的一则故事：汝南人恒景跟随费长房学道，日日餐风饮露，独坐于旷然之地，希望某一天得道成仙。一天师傅对恒景说，九月九那天你家将天降大祸，唯一的破解之法就是叫家里人做一个布囊，里面装上鲜红的茱萸，缠在胳膊上，站在高山顶上，喝一坛菊花酒，可保家人平安。恒景照此而做，傍晚回家，果然看见家里的鸡犬牛羊已经死亡，家人安然无恙。

中国人多信佛、道，佛教重视心灵的进步和道德的觉悟，道教多珍视自然万物，“道生一，一生二，二生三，三生万物”，先天与后天互补。只是后来有些被功利心操纵，一时间佛非佛、道非道，乌烟瘴气。我对万物的理解是：心若有敬意，人与自然一脉相通，你生我生，你灭我灭，其间有母子血缘。

晋人陶渊明，可谓古往今来一大明白人，“不为五斗米折腰”可见其性情，“种豆南山下，草盛豆苗稀”足见其心境。中国人为文一事，到最后讲的不过是人生境界、品行高低，一个受物欲引领的人字里行间也必缺少人文情怀，说唱吟哦也必充满腐朽气息。当然，通过正当劳动所得的价值不算。

《九日闲居》诗序文说：“余闲居，爱重九之名。秋菊盈园，而持醪靡由，空服九华，寄怀于言。”意思是说，我在重阳节这天啥也不做，是因为喜欢九月九这个名头。九为至阳，有长久之意。南山坡上的豆子黄了，谷穗弯了，看样子收成不算太好，但也能填饱肚皮。最好的是菊花满园，可是家贫无酒让人伤感。就在这会儿，江州刺史王宏派人送酒，这下乐坏了五柳先生，遂成《九日闲居》：“世短意常多，斯人乐久生。日月依辰至，举俗爱其名。……敛襟独闲谣，缅焉起深情。栖迟固多娱，淹留岂无成？”

我居乡间也久，说久后来的大部分时间却在集镇上，每日里人来人往，多是劳碌之人，他们无暇为风景停留，上为老人，下为子女，忽略了自己的存在，到最后空留孤家寡人在一座空荡荡的村庄里。重阳到来，不知道有几人站在门外望向子女所在的方向，有几人还在秋日的田野上奔忙？

人渐渐长大，从少年到盛年，就像一株经风历雨的树。忽而父亲走了十几年，母亲则将近三年，这些年，我很多时间疲于奔命，辗转流离于世间。忽然就透了。在一株树盛年的时候明白了生活以及生命的意义，抛弃妄想与所谓梦想，一个人以血肉的方式走在世上，不过是不断地删改、纠正，而后顺其自然的过程——披以荫凉，荫蔽自己于他人；长出根节，为了紧紧握住脚下的土地；长出果实，为了鸟鸣，也为了传播存在的价值；站立于孤独的旷野，不为证明什么，只为看见流转的节气。

我有一个小小的想法，就是来日在偏安一隅的村庄的某个角落，整理一座属于自己的院子——那原本就是我的院子，只不过多年的风霜剥蚀透出了几许落寞与斑驳。或许某个重阳之夜，院子里菊花盛开，我正闲坐在树荫下叫你：“嗨，喝一杯菊花酒吧，听虫鸣踏着夜色而来。”

月上柳梢头

◎**上元节：**上元为天，赐福；中元为地，赦罪；下元为水，解厄。月上中天，月上柳梢头，人行走在月光下，你依我依，说不尽冬去春来好风情。我对烟花一事心有腹诽，如幻如影，稍纵即逝，只能空留惆怅。灯影憧憧，人影憧憧，街道两旁的花灯旋转，谁是谁的柔情万种？谁又是谁的桃花劫？月光无言。繁花散尽，一轮明月照中天，皆为往日爱恨情仇。『谁持彩练当空舞？』管他，脚下是一条通往月光深处的路。

月亮升起来了，正月十五的月光稍觉清冷，有没有风并不重要，我耸了耸衣领，身上的机油味儿、汽油味儿、柴油味儿也爬了上来。我讨厌这身装束：黄胶鞋，那天在研磨汽缸时撕开了一条洞，几乎露出脚趾；牛仔裤，刻意用铁丝拧起来，洞就变成了一朵怪异的黑色之花；上衣更不用说，自打进了老张汽车修理铺就没有换过。走过老康汽配，走过美美发廊，走过赵家羊汤，都还没开门营业。在我们这里，十五之前都是春节，人们就有了闲着的理由。

我也想闲着，我来老张汽车修理铺是置气，也是迫不得已。一座破败的院子，一辆散架的破桑塔纳轿车，平常，老张的儿子黑皮就拉着我们上路，修泊在路上的汽车。一座低矮的工棚，车来了，开进去，人跳进地沟，叮叮当当开始拆卸，弄得鼻子、嘴里全是油腻味儿的土，呸也呸不干净。几只散养的芦花鸡，中看不中吃，有一天黑皮媳妇宰了一只，肠子里都是油泥，血都是黑的，散发着柴油味儿。

时隔多年,我要静气凝神才能想起和小凤姑娘分手时的场景。夏日,玉米田里飘荡着一丝若有若无的风,小凤姑娘很是漂亮地甩了甩马尾说:“你家必须把靠路的院子返修成红砖瓦房我才答应嫁过去。”我以为是玩笑,试图摘掉她身上的一只菜青虫,却被一把推开。我憋红了脸,却努力装作赖皮的模样:“修,等成亲了我们盖两层小楼,红瓦白墙,宽大的落地门窗。”小凤姑娘没有等,在乡村,没有谁家的傻姑娘肯嫁给一个穷小子,更何况,那时我父亲已躺在病床上多日。解除聘约的那天我没有去,三哥回来告诉我,小凤家人说我是一个小流氓。我笑笑,所谓流氓的来历不过如此简单——小凤姑娘家托媒人告诉我们,散了吧,各奔前程,就是绝口不提彩礼。我便上门一次次讨要,一边是躲避、恐吓;一边是我癞皮狗一样在姑娘家门口喝酒、讨要彩礼。

在村子里是混不下去了,我觉得自己成了一个废人,父亲在病床上度日如年,母亲在一旁唉声叹气。不是我一个人找不到出口,在这个屡屡被病患、贫苦与屈辱折磨的家里,每个人都在忍受着煎熬。飘着雪花的电视机,在出现“再见”俩字之前滚动过一条广告:老张汽车修理铺招收学员,包教包会,优秀者留用签订合同。地址:××,电话:××。撩拨得我夜不能寐,终于在第二天骑上自行车进行实地考察。嗯,老张说得好,说自己做了一辈子汽车修理工,已经是工程师、教授级别。嗯,我也真的信了,如果某一天能成为老张那样的人,还愁什么找不到媳妇。

县城的大街上已经人满为患,打扮入时的小媳妇和花枝招展的姑娘一起向燃放烟花、欣赏花灯的地方涌去。我抬头望月，月光依旧清冷，不为人世的繁华有所改变。她冷冷地看着，看着寂寞的村庄、空旷的田野，看着喧闹的街市，偶尔眉目间升起一丝云翳。

这是一个喜庆的节日，我在读欧阳大人的《生查子·元夕》时颇受感染。“去年元夜时，花市灯如昼。月上柳梢头，人约黄昏后。今年元夜时，月与灯依旧。不见去年人，泪满春衫袖。”这该是有多么伤痛，才能在喜庆的节日里泪水横流。去年、今年，不过是恍惚之间，世情人心已颇多改变。

小严小我两岁，家境还算殷实，就是不好好学习，上到初二被父亲送到了汽修厂。小严的装束比我强不了多少，在挤入人群之前甚至在路旁抓起一把土，说吸吸身上的油渍，然后勇猛地左冲右突，专往大姑娘、小媳妇身上蹭。烟花升起，一把激烈的火药放进烟花的卷筒里就能盛开点燃夜空的花朵。人们欢呼着，在又一次烟花升起的空档甚至来不及低头喘息，又齐心合力发出巨大的欢呼声。我和小严在人群中被推搡着，像踏入一条身不由己的河流。这时，没有人嫌弃地叫嚷：“躲开，你身上那么脏！”也没有人用鄙夷的目光轻蔑地看你一眼，唾上一口口水。

烟花过后是花灯，其实在我的记忆里很少能经历这样热闹的场景。20 世纪 70 年代以来，村庄里的人都在为勒紧裤腰带而陷入艰苦卓绝的斗争，风俗嘛，毫无例外地被遗忘，被封存在时间的深处。《帝京岁时纪胜》说：“元宵杂戏，剪彩为灯。悬挂则走马盘香，莲花荷叶，龙凤鳌鱼，花篮盆景；手举则伞扇幡幢，关刀月斧，像生人物，击鼓摇铃。”可谓元宵盛况。我和小严不懂，我们游走在时间之外，在看到一位可人的姑娘被挤掉了鞋子后幸灾乐祸，随后，继续淹没在五色斑斓的灯海人海中。

灯谜的由来，无非是让人在游玩的过程中增加情趣，毕竟多情的上元夜有太多多情的人儿。月光初明，柳梢吐绿，清冷不敌春色暖，花灯犹照芙蓉面。《武林旧事·灯品》记载："以绢灯剪写诗词，时寓讥笑，及画人物，藏头隐语，及旧京诨语，戏弄行人。"可见多是文化人卖弄风情。其中最为经典的是："头尖身细白如银，论秤没有半毫分。眼睛长到屁股上，光认衣裳不认人。"是说古代有一个胡财主，平日里嫌贫爱富，鱼肉乡里。村子里有一个王姓秀才，决定要羞辱一下胡财主，于是在元宵节这天，王姓秀才也乐哈哈鼓捣了一天，打出一顶花灯上了街。只见这花灯又大又亮，做工精致，霎时吸引了一群人观赏。上面所书，正是那首打油诗。胡财主恼羞成怒，斥责秀才指桑骂槐。秀才就笑嘻嘻地给了一番解释，说我这乃是一个谜语，你老人家着什么急。谜底是——针。胡财主登时哑口无言。

时过境迁，我并不想旧事重提，反过来想，谁家的大姑娘肯嫁给我这样一个穷汉呢，算是活该的一种。回去的路灯下，小严走在前面，时而一脚踢飞一个烟花筒，时而在月光下嚎叫，引得路人侧目。我将自己的身影在街灯下拉长、拉长，直到它变成一道虚无的光影。谁知道来日呢，暂披今夜的月光走过，月色依旧清冷。

◎

攀上一朵花的时间

第四辑

光阴篇

流年偷换，
变了的是容颜，
不变的是一颗少年的心

·人生静默如迷

◎**捉迷藏：**希腊捉迷藏，源于神启，亦称摸瞎，一人蒙眼，循声而动。吾村摸瞎，多在夜幕降临时分，墙角、围囤、红薯窖，但凡隐秘处皆可藏身，以场所为主。听脚步杂沓而过，心惴惴，稍有喘息便被捉；下一回合开始。

我有足够的耐心，躲藏在一个不为人知的角落。在我看来，这个世界是居心叵测的，一个人的命运有可能像一只身体渺小到几可省略的蚂蚁，在匆匆返回蚁穴的路上，遇上一只硕大的脚板，或者一场突然而至的暴雨。在动物世界里，没有谁会为一个死去的族类落泪、祭奠，一场风便足以抹去它曾经存在的痕迹。

我这样尘土四起地想着，天光忽暗。起先，玉米秸秆堆砌的柴草垛里尚觉得逼仄，有些喘不过气来，时间长了，我竟然贪恋上这安静的时刻。玲子在外面喊，说黑蛋、二丫、巧枝都走了，只剩下我们两个人，且呼喊中带着哭腔。我看见一只趋光的飞蛾，从暗处展开翅膀，身上的毛刺反射着夕阳的最后一缕光。它要去哪里？是飞往遥不可及的星光月光，还是飞蛾扑火到我家闪烁的油灯上，随着一缕细微的烧焦声，宣告轮回的终点与起点？

喜欢藏猫猫几乎是每一个孩子的天性。他们从黑暗中到来，在面对陌生世界时会时而产生恐惧与质疑；父母的教诲——远离陌生人，像一道紧紧的符咒套在头顶。那么只有躲避，在一个更为隐蔽的角落，往往会伴随着安全的错觉。

据尼尔·波兹曼《童年的消逝》载，捉迷藏起源于两千多年前伯里克利统治时期的雅典，宫廷里的男人、女人觉得除了穿金戴银就是珍馐美馔，实在毫无意义，于是开始玩藏猫猫的游戏。

我们玩游戏，桌子底下、床底下、柴草垛里，都是藏身的好去处，更隐蔽的地点是红薯窖。平原上栽植着一大片一大片的红薯，到了秋天，一部分切成片晒成红薯干，便于存放；一部分洗净打碎沉淀出淀粉做成粉条，可以卖，也可用于一年的菜蔬；再有一部分存放在五尺深的地下，可放置到来年春天。

我和玲子决定藏在红薯窖里。红薯窖像一张张开的大嘴，黑暗、诡谲。玲子表现出怕意，在我的鼓动之下，踩着两旁的窠臼一蹬一蹬往下下，最后一脚踩滑，暗暗地叫了一声，落在我等待着的瘦弱的胸膛里。十岁左右的孩子，尚不懂男女之别，我往往在回忆时会生出一些小小的遗憾。

《肖申克的救赎》里，安迪并未失去对美好生活的期盼，最起码没沉陷在虚无的罪名里。每一次狱警查房，安迪都以不同的方式躲避。他要让躲避成为常态，直到有一天掀开墙上的美女，通向下水道外风雨连天的人生路口。这一切都是安排好了的，从此世间再无罪犯安迪，而是凭空出现的另外一个人，在墨西哥海边逍遥度日。

那是距离黑暗最近的年代，我们在黑夜中奔跑，并试图找到一个适合安放自己的角落。玲子的身体有些颤抖,黑暗中的不可预测肯定让她的内心充满恐惧。还好有我——尽管连我自己也心跳加速,但我还是紧紧握住玲子颤抖的双手。她的手很瘦,能数清手上的骨节。我们看着洞口外微茫的星光,红薯窖旁边是小伙伴杂沓走过的脚步声,蟋蟀在土缝里鸣叫,有一刹那我竟然想时间不如就这样停止,两个人,一个小小的角落,走向未知。

其实,我能忆起的不仅仅是这些。每当重返童年现场,那些熟悉的声音与影像我都能一一辨认,甚至听见一声喘息,就知道谁藏在什么地方。有些结局太痛,不如就当那个人永远藏在了某处,或许有一天再相见,竟无言,鬓如霜。

猴皮筋的弹性与长度

◎**跳猴筋**：乡间女孩专属游戏，步步高升，挑战不可能。古有《升官图》，一幅钩心斗角场景，少儿不宜。猴皮筋一，女童若干，蹦蹦跳跳间过完年少时光；而命运殊途，光鲜者逛街秀恩爱，贫贱者挣扎于泥涂。

我问猴皮筋为什么叫猴皮筋，老祖母说是用猴子的皮做成的。我就开始想象一个悲惨的画面，被剥下的猴子皮晾在地上，吱吱叫的猴子的灵魂尚未远去。猴子不怎么理解人的做法，就像一头牛永远不明白不管自己给人间贡献了多少，到最后依然逃脱不掉庖丁解牛的命运。

我要说的猴皮筋中间有孔，由推木牛车的红胡子摇着拨浪鼓送来。后来有了代销点，就省事了许多，想扯几尺猴皮筋，就到学校对门的代销点。对我来说，猴皮筋唯一的用处就是可当作自己兑制的汽水的吸管。买不起汽水，沟里捡一个汽水瓶子，回家用醋、水和糖精装满汽水瓶，轻轻一摇，就成了一瓶山寨汽水。老师在讲台上讲司马光砸缸，我在下面喝汽水，吱一声，没看见；再吱一声，终于被逮个正着，一截粉笔头，不偏不倚正砸在脑门上，吓出一身冷汗。酸酸甜甜的味道总还在舌尖上，蔓延到现在。

跳猴皮筋是女孩子的游戏，看起来有些烦琐：“小皮球，驾脚踢，马兰开花二十一；二五六，二五七，二八二九三十一；三五六，三五七，三八三九四十一；四五六，四五七，四八四九五十一……”一边跳，一边唱，往复循环，简直能跳到天荒地老。20世纪80年代，村庄里的土墙上“高举毛主席旗帜”的标语正在日益斑驳，用大红油漆写的“忠”字光芒逐渐消退，几个和我年纪差不多的女孩子，蹦蹦跳跳，以最为简洁的方式过完了自己的童年。

（我永远不会满足表面的书写，就像那些斑驳的乡村旧事，一经某种物事的提醒，就会在记忆中复活。包括我们的快乐与悲哀，包括我们的劳顿与挫折，包括每一个生活在村庄里的人，他们的面孔，他们的乡音，一一浮出时间的水面。）

因为男尊女卑的思想作祟，一般都是男孩子上学，女孩子在家帮助父母劳动，或者照看年幼的弟弟妹妹。比如我家，二姐上了没有几天就中途退学，三姐甚至连学校的门也没进过。我曾经懵懂地以为那是很正常的事情，但是现在想来，无非是贫穷，不足以支撑温饱之外的其他事物。乡村女孩的劳作事项大概有以下几种：

夏日的田间长满野草，香附子、牛筋草、大蓟、小蓟落地生根。必须蹚开重重的露水，人如一片渺小的叶子落进田野的海洋。牛羊在家等候，此时正是追肥的时间。往往是，一个中午三姐和二姐就能割下一板车青草，在小河里淘净泥土，回家，佐以麦皮、玉米面喂牛。

给棉花打叉、捉虫。这是当时常见的画面：一人提着一个塑料瓶，身上捆扎以塑料布，以防露水打湿身体。人在比肩深的棉田中行走，害虫们在棉枝上翻跟斗、捉迷藏，健步如飞。一代棉铃虫、二代棉铃虫，好像不到成熟的季节害虫们就生生不息地繁衍着，一次次对抗一双双结满厚茧的乡村之手。

深秋，农事已毕，母亲会派下另外的活计。人要吃饭，也要穿衣，我们家当年的穿戴大多出自家织土布。所以，乡村女孩很小就学会了纺棉织布，坐在一架老式织布机上，枯燥的投梭时段开始。她们以沉默经纬年少与青春，以隐忍面对无形的时间之河，至于何时才能到达彼岸，没有人去问，仿佛结局早已注定。

猴皮筋的弹性来源于事物的内质，就像一个人的一生不能总是绷得很紧。“马兰开花”的歌谣完结，“台田地，梳明头，梳得麦子绿油油”的歌谣又响起。她们是孩子，劳作之外的游戏激发出潜在的快乐因子，猴皮筋撑开，挑、勾、踩、跨、摆、碰、绕、掏、压、踢，种种动作恰如行云流水，只有在这时你才能看见少女的天真，碎花的布衣，生动的麻花辫子，给死寂的村庄带来一些轻灵与活力。

跳皮筋，可将皮筋举至三个高度：一是两臂自然下垂扯紧皮筋，二是将皮筋举至与肩齐平，三是一臂上举拉紧皮筋。高度不同，跳皮筋的难度也不同。

如今的乡下很难见到猴皮筋的踪影，当年的少女已为人母。不要再问及过去的事情，猴皮筋的弹性与长度足以影响一个人的一生。——除此之外还能怎样呢？

滚铁环时你在想什么

◎**滚铁环**：世有方圆，犹如人有方圆，方者坚，圆者润，各有其性。蜀德阳汉画铁环之戏，恍惚千年，唯其动而史河长流。乡村铁环乃奔跑启蒙，不动则废物一具，动方大汗淋漓，有通透感。

我家院子有两个门，一个朝东，朝向太阳升起的地方，一个朝西，朝向日落的方向。我大部分时间都在这座破旧的院子里度过，玩耍、张望、发呆、欢笑或者号啕。靠近南墙的是二大娘家的后山墙，一架分队时分来的犁杖，犁铧生锈，时间将坚硬打败，一片片剥落；犁柄腐朽，再坚硬的木头也不能与光阴抗衡，生出耳朵一样的木耳，听风，听雨，听我家如何一日一日度过饥寒与荒凉。

找遍了整座院子，我找不到自己想要的东西——哪怕是一根略微粗些的铁条。杨早的奔跑姿势很是奇葩，一根长长的木柄在手，艰难俯下身，把正铁环。别的孩子都已经跑出了很远，小儿麻痹症患者杨早始终没能将手中的铁环制服。我装作好心的样子——其实是因为无比羡慕杨早的铁环，镀金的钢圈，上面还另外加了一些小的铁环——示范着，松开矫正铁环的那只手，脚步启动，铃铃的响声顿时生动了黄昏里的村庄。

◎ 人在奔跑时会忘记很多事情，比如曾经的苦难，比如脚下的坎坷，比如身边的处境。耳旁是呼啸而过的风，脚下是快速退移的大地，前方是延展的长路，是石板桥，是坑坑洼洼的阡陌，是向着秋天深处奔跑的庄稼。当然，还有不能错过的人生。

我的郁闷由来已久，在梦中无数次操练滚铁环的技术，就是未能实现。有时我会想：是我自身笨拙，不轻易向母亲开口表达想法，还是当年的那座院落太过荒寒，甚至不具备拥有一只铁环的资格？杨早刚走出两步，铁环兀自滚进路边的沟渠。然后他费劲地从沟渠里爬出来，再次踉跄倒地。我有些可惜那只铁环，本应该属于我的铁环，可以恣肆地在村庄里奔跑；同时又同情伙伴杨早，他吃力地重新站起，脚下一瘸一拐，竟然可以以最缓慢的速度滚动铁环。

滚铁环是一种童年的隐喻。就像日本作家村上春树曾经说的："世上时时有人嘲笑每日坚持跑步的人：'难道就那么盼望长命百岁？'我却以为，因为希冀长命百岁而跑步的人，大概不太多。同样是十年，与其稀里糊涂地活过，目的明确、生气勃勃地活当然令人远为满意。跑步无疑大有魅力：在个人的局限性中，可以让自己有效地燃烧——哪怕是一丁点儿，这便是跑步一事的本质，也是活着一事的隐喻。"

滚铁环在我童年时是一种司空见惯的游戏，远在汉代"铁环之戏"就是百戏之一。在四川德阳的汉代画像石上，就有滚铁环的具体形象。如此算来，一只滚动的铁环竟然奔跑了两千余年，才滚到了我的脚边。

我不能这样坐以待毙，童年以光年的速度游走，眼看只剩下一截短短的尾巴。10 岁时，陪伴我们家的那只木桶确实是老了，母亲在村口的老井里打水，水桶升起，四面八方都是迸射的水线。我听见母亲叹息的一刻，也听见自己内心的狂喜。崭新的铁皮水桶取代木桶时，我早已把木桶大卸八块，上中下，三道铁箍，意思就是我可以很长一段时间才能将铁环滚动到底，滚到我不再适合扎孩子堆玩耍的年纪。

铁环有了，接下来的事情水到渠成，就像一个人的成长，到了该娶媳妇的年纪，自然有姑娘嫁过来（好赖么，全凭个人感觉）。手柄，一段木棍，前端插上一段弯成“U”形的铁丝。为了和杨早的铁环一比高下，我又偷偷卖了家里的一团破棉絮，换回几枚小小的铃铛，挂在铁环上，铁环滚动，铃铃有声。

人在奔跑时会忘记很多事情，比如曾经的苦难，比如脚下的坎坷，比如身边的处境。我以最快的方式掌握了滚铁环的要领。一要轻，二要稳，三要心无旁骛，意即武林高手中的人刀合一。耳旁是呼啸而过的风，脚下是快速退移的大地，前方是延展的长路，是石板桥，是坑坑洼洼的阡陌，是向着秋天深处奔跑的庄稼。当然，还有不能错过的人生。

我开始写作较晚，眼看着到了三十好几，曾经的作家梦将要破灭之时，蓦然心惊。一个三十年，两个三十年，甚至不能确定自己有没有第三个三十年，于是开始认真读书，学习写作。圆圆的铁环可以很快把握，文字组成的铁环却让我倍感陌生。母亲很多次说过，庄稼人不用学，人家咋着咱咋着。就从语言开始，咿咿学语，辅以多年的乡村经验，竟然也能组字成章。发表、成书、获奖，几年下来竟然小有成绩。

我一直以为杨早的父亲不一般，鼓动杨早一个人出去玩耍，不怕他被人欺侮，不惮他会自卑，甚至站在门口看着杨早从地上爬起来再次滚动铁环时也沉默不语。这是时间的隐喻，当杨早过年时从济南归来，一切不言自明。收破烂的杨早父亲并未停下手中的活计，在分拣破烂时甩出一只生锈的铁环。杨早一瘸一拐走上前去，重新捡起。

我还要奔跑，一只铁环的动力来源于不停的奔跑，无论你以何种方式。

带血的木棒

◎ **过家家：** 少年未成，构筑家之场景，画地为家，儿女父母皆有所属，各司其职。童心未泯，不知生之艰辛，以泥偶喻，扮作如花前程。钱锺书云，婚姻是一座围城，城外的人想进去，城里的人想出来。可见人生如戏。

“家”字由两个部分组成，宝盖头代表低矮的屋檐，下面豢养着一头吭吭唧唧的猪，月光落在屋檐上，院子里的老椿树正在落花，一粒粒细小的花朵，代表时间在节气中凋零。我家的那头老母猪，无疑是一个伟大的母亲，是村庄的功臣。很多人家的猪都是她的儿孙，所以日光晴好时常有一群猪在低矮的土墙外走动、蹭墙，来探视它们劳苦功高的母亲或外祖母。

我不能偏离太远，就像一说村庄的时候眼前就浮现出村子里的鸡鸭牛羊。我要说人，人才是一个村庄的基础。那些长大成人之后的人，无一例外都曾有过单调或者美好的童年，都曾在孩子堆里，以自己的视角学习如何长大，如何在多年以后拥有了一个属于自己的家。

过家家是一种游戏，只属于孩子们的游戏。二皮当爹，黑妮当娘，村西的傻二最喜欢当大家的孩子。当然，有时我们也会觉得无趣，谁也不希望以后有一个傻二那样的傻孩子，鼻涕流过河，浑身脏兮兮。这时木圈就会出来重新推选，让傻二一下升到爷爷辈儿，坐在一旁的土墙上，不许说话不许动，像一个升天的牌位。二皮和黑妮的婚礼开始，有人嘴里发出滴滴答答的唢呐声，另有两个人双手交叉握紧，黑妮坐在上面。二皮则被一个扮成高头大马的背起，晃晃悠悠。

大家齐声唱："呜哩哇，呜哩哇，娶了个媳妇一脸麻儿，瘸腿的姑爷骑大马。红砖墙、琉璃瓦，滴滴答答就到家。"有人问——到家了吗？有人应——到家了。大家便会把新娘和新郎重重摔在地上；或者强摁着黑妮和二皮的头拜天地，碰响头，叽叽喳喳的笑声像一群慌张飞起的麻雀，窜进村东的小树林。

我看《红楼梦》，常会产生小孩儿过家家的错觉。黛玉、晴雯、薛蟠、宝玉，一干人等在一座夸张的院子里，不事生产，只觅风月。一直到后来读琼瑶阿姨，心中的疑问越来越深——他们难道只靠你侬我侬活着？他们难道不需要在老河滩上开垦出一片庄稼地？他们的归宿莫非都会像《红楼梦》的结局，只落得白茫茫一片大地真干净？其实到了后来我才慢慢弄懂，这无非是文学家玩儿的小把戏，以情感作为故事的主线，以悲戚作为行文的格调，吊足少年男女的胃口。

死亡总是来得突兀，没有预设好情节就呈现出悲惨的结局。二皮死的时候惊动省里的公安局，专门派人限期两个月之内破案。破旧的小院依然破旧，除了死亡还散发出一股陈年的气味。二皮有一台联合收割机，昨天下午有人还看见他骑着摩托去县城，说是去买收割机上的零件，谁知夜里便命丧黄泉。

血色在弥漫，有关二皮与一个外乡女人的故事一经渲染，慢慢浮出水面。

外乡女岁数不大，二十几岁，正是生机蓬勃的年纪。外乡女的男人就是木圈。有一年木圈出门打工，两人在海边的一座城市相遇，就领回家，简简单单举办了婚礼。几年后，有了孩子。有一次，打工回来的木圈听孩子说，二皮哥咬妈妈的嘴，一颗仇恨的种子便由此种下。

我在叙述这些原本应该惊心动魄的情节时，常常会被另一种冷静的力量引领，并非置身事外，或者没有丝毫同情。一件事情的源起，往往很早就在某个地方埋下伏笔，你想偏离预设的轨道，或者跳出命运的诅咒，已不可能。二皮十八岁和黑妮结婚，黑妮比二皮大五岁，这在当时的乡村算不上稀罕事，二皮也曾闹过，出走，最后还是被父亲强摁着头行了合卺之礼。

往事一幕幕浮现，过家家作为一个单纯的游戏，曾经深深刻印在我的记忆中。我们每个人都不知道接下来的命运如何发展，就像那天凌晨时分从县城回家的二皮，把收割机零件丢在地上，沉沉睡去，粗大的木棒却已高高举起。

省公安在县城宾馆调取的录像显示，凌晨三时，二皮从宾馆匆匆走出，身后跟着的一个年轻女子，坐上了二皮的摩托车。说话有些磕巴的木圈，在闪烁的荧光屏里显得有些不真实。木圈说，我晚上八点从水泥厂下班，打她(外乡女)的电话关机。凌晨三时我早早起来去车站拉客，看见他们(二皮和外乡女)骑着摩托离开宾馆。后来我媳妇在一个路口下车,我就跟着二皮一直追到村口,在村外抽了几支烟。他不死不行——木圈在连续重复了三次这句话时眼睛里分明闪着杀机。

凶器,就是那根带血的木棒。

一个游戏的结束就是另外一个游戏的开始,我在煞费心机的书写中捡拾起曾经的快乐,也陷入很多次痛苦的回忆。有一句话叫人生如戏,我曾那么不相信一个人在世间走过,抱着某种投机的心态,有时却又不由自主地将笔触与生活对接。是巧合,还是某种暗示?如同极不明朗的暗物质在我们的认知之外,却主宰着人间悲喜。

蚂蚁上树的三条路径

◎**蚂蚁上树**：实在与人的吃喝拉撒没什么不同，一只蚂蚁没有太过浪漫的情怀，以对抗蚁生的狂风骤雨。或者说，蚂蚁也有不认同宿命的精神指向，沿着不同的路径，爬上一株相当于珠穆朗玛峰高度的树。站得高，看得远，如此而已。

我从杞柳丛中钻出，百无聊赖地坐在河堤上，看在枝叶间穿梭而过的云。有时我会想象到底有没有天堂，或者一个丰衣足食的世外村庄。在那里，人们不用在田野上辛苦耕耘，不会为了吃上一顿饱饭遭受别人的白眼，不会像我今天这样，拒绝母亲做的玉米面窝头，一口气跑出很远，钻进杞柳丛，饿着肚子睡到醒来。

蚂蚁在大地上奔忙，它们从来不会停下脚步，为了一片树叶，或者一粒谷物奔波很远的路，这与村庄里的人有些相似。那么蚁穴呢？我试着用一根木棍去撬动深埋在地下的蚁穴，所有的蚂蚁仓皇而出：有的扛着一双近似废弃的翅膀；有的张牙舞爪，在寻找来犯之敌；有的跑出洞口只是探了探风声，便迅速回头，折返蚁穴。我想，它们是在保护尊贵的蚁后吧，为了繁衍生息，为了捍卫家族，蚂蚁们不惜献身。

村庄也是一个庞大的蚁穴，更多时候保持像蚂蚁一般的母系社会制度。男人从不管家务，也不会为了儿女而费尽口舌耐心劝慰，他们烦了，不是大喝一声“滚出去！”，就是扬起巴掌，以仅有的父权向孩子示威。母亲不是，母亲操持家里的一切事物：吃穿、在人前如何保持谦恭，或者绝不向欺负自己的人屈服，拉着被欺辱的孩子在对方门前骂上三天三夜。这是简单的乡村秩序，你无法向一座低到尘埃里的村庄灌输那些冠冕堂皇的道德与法理。——在这个层面上，我忽然发现蚁族们更为遵循不变的自然伦理，至少，它们不会为了一己私利而在自己族群内开战。

这种想法在我那天饿着肚子的时候得到了证实。一粒草籽随风飘落，落在黑蚂蚁的蚁穴前，一只过路的蚂蚁发现，经过试探，发现仅以自己的力量不足以将粮食托运回家。它摇动触角，观察着四周的动静，而后迅疾小跑着返回蚁穴求助。在求助的空当，一只体型硕大的红蚂蚁出现，竟然毫不费力叼起草籽就走。黑蚂蚁的队伍赶来，几乎没有商量的余地，有的拖住草籽，有的与红蚂蚁展开正面攻击，那只发现草籽的黑蚂蚁，死命趴在红蚂蚁身上，一旦咬住就不再松口。结局是红蚂蚁拖着一只残腿无奈地离去，几只黑蚂蚁扛起草籽凯旋。或许，它们还一边唱起了胜利的歌。

《别惹蚂蚁》，讲述的是刚刚搬家到一个新地方的小孩卢卡斯，在学校没有朋友，回到家里又被邻居家的小孩欺负，郁闷的卢卡斯只好把怒气撒在蚂蚁上身上，用水枪往蚁穴中射水。这是一个典型的有关乡村少年处境的事件，就像我们小时候，往往会把种种怨气发泄在另一个弱势少年身上。但卢卡斯接下来的处境不妙，蚂蚁们群起反抗，用一瓶神奇的药水将他变成蚂蚁大小。他被抓进了蚂蚁王国，做苦工，与蚂蚁们一起应对外来族群的入侵，与蚂蚁们一起在潮湿的地下生活，最终悟到了生命的要义。

我看完电影之后脊背发凉，幸好我们村的蚂蚁没有如此先进的科技，不会在我将一泡尿撒进蚁穴时群策群力，将我变成它们那样弱小。在我眼里，凡是生活在大地上的族群，都有着超乎人类的能力。曾经为了看蚂蚁上树，我在一株老柳树下待了整整一个中午。我不知道它们为何要上树，是像我一样为了更好地欣赏天边的流云，还是为了能将生命延续下去的粮食？总之，我发现了蚂蚁上树的三种路径。

一种是顺着皴裂的树皮。一只蚂蚁开路，后面紧紧跟着一群如线的蚂蚁，哪一处山高路陡，哪一处会有一股突如其来的风，哪一个巨大的树瘤上适合短暂的休憩，它们都了然于胸。

一种是探索型，只适合小型的侦查分队。一株老柳在村庄成活的时间，高于人，高于一座几十年的老屋，根部就出现了一个阴森的树洞。有时我想，草木也能修炼成精吧，用一只空洞的眼看穿天地间发生的诸多事情。十几只蚂蚁整装出行，看那矫健的步伐好像不止一次通过老柳树身上的时间黑洞。它们会涉过树洞内危险的积水，它们会在树洞里遇见灵一样的蝙蝠，它们或者还能发现那株长在老柳树树干上的苦楝树，是如何在一株老树的体内成活，并自我嫁接成一株树中之树。

最为奇特的是借助一场风，这样的桥段近乎魔幻。我在站起已经发麻的双腿准备离开时，发现一只蚂蚁爬上一片小小的树叶，那是一个绿色的魔毯，在御风而飞，飞过阴森的树洞，飞过粗大的枝干，直接落在老柳树的树头上。我想，它们一定会在树顶聚合，开一场别开生面的 party（派对），乘坐飞毯的蚂蚁一定会绘声绘色，向蚂蚁们讲述飞翔的刺激与传奇，并由此成为众蚁羡慕的蚂蚁飞人。

我还是在母亲的呼唤中折返回家，沿着长长的河堤像一只走走停停的蚂蚁。我知道，在村庄的蚁穴里，尽管母亲不能满足我太多无理的要求，但起码能原谅我的无知，就像一只生命力强大的蚁后，捍卫我们在世上行走的尊严。

风语者

◎**风车：**风要说话，翻山过河，或低语，或悲号，或以头抢地，欲掘地三尺。风车旋转，有四两拨千斤之功。风车最大的弊病就是不善奔跑，以至于造就平民英雄堂吉诃德伟大的一生。同样，乡野小儿亦有梦，临风而立，怀揣丝丝扣扣暮野之风，不到最后怎见分晓？

风从村庄里走过，携来庄稼的密语。风的本身具有某种神秘主义的特征，所以从来不和急剧的、奔跑的事物攀谈。树是静止的，在沉默中与节气对抗，渐渐适应了人世冷暖，春来吐绿，秋来落叶飘零。我有时会把自己想象成一个可有可无的静物，就像小时候坐在长长的河堤上，看风吹动森森的杞柳丛。

风从天上过，风从河道里爬上来，风从杞柳的腋窝里挤过来，就成了瘦瘦弱弱的一缕。被我拈在手中的一缕风，摇晃着虚无的尾巴。它要去哪里，它来自何方，它每日絮絮叨叨究竟在说些什么，最终会成为我穷尽一生的研究课题。

我想我是一个天生的风语者，在只看见村庄这个小小群落的基础上，试图用风的视角来看待外部世界。这没有什么不恰当。风走过一个地方就有一个地方的气息，风所携带的事物无非是那些见怪不怪的个体表征。风所留下的，当然是摈弃浮华之后的沙尘，翻开泛黄的旧时记忆，彰显出自然万物原本清晰的纹理。

没有玩具的童年，我只能一个人坐在低矮的院落里冥想，从一个放置锈迹斑驳的犁铧的角落，到另一个结满蛛网的墙角，寻找属于自己的小小快乐。风车，我能制作的就是用一张四四方方的纸片，裁剪成对称的三角，折叠，从扫帚上折下一根竹签，安插在秫秸的顶端。如此，就能在无形的风中奔跑，风车旋转。

邓云乡在《鲁迅与北京风土》里所写的风车，同样来源于民间制造，用秸秆扎成“日”字、“田”字、“品”字形的架子，用秸秆篾片圈成三四寸的圆圈，中间做一细轴，用白莲纸染上鲜艳的红绿，把圈和轴粘成一个风轮。再用胶泥制成铜圆大小的鼓框，用两层麻纸裱在一起做鼓皮，制成小鼓。而后把风轮、小鼓装在架子上，后面绞一小棍，风轮动，带动小棍击鼓发声。如此，风轮不断旋转，小鼓便不断咚咚作响，可谓赚足了孩童眼馋的目光。

我在奔跑的途中会停下，在感受虚无的风时，想象原本静止的风车为何旋转不停。这就像一个人漫长的一生，除了很难察觉的生长，人是静止的，在一座沉默的老屋中沉睡，在草木丰茂的田野上伫立，在面对苦难时凝神，在漫漫长夜中独语。而实际的情况是，人从来没有停下追逐的脚步：追逐缥缈的爱情，追逐梦中的奢华，追逐纸醉金迷之后的失落与空荡，追逐不可名状的追逐。这是一个有关追逐与静止的悖论，“天地有大美而不言”，谁又能真正体悟到个中真谛？

堂吉诃德的风车是一个迎风站立在荒野的巨人，起码在理想主义者的眼中，每一个有形的、无形的事物都有它自己的属性。我在手执一只纸风车奔跑的途中不知能遇见什么。别人不解的眼神？赶路者不屑的一瞥？或者猛然间从某个角落里钻出来的傻二，伸出脏兮兮的那双手，嘿嘿——风车，我要，风车——转转。我把制作粗糙的风车递给傻二，傻傻的笑声和一阵风一起在风中奔跑，目的，和我们一样——通向或远或近的死亡。

从生到死是一个未知的距离，像一个简单的方程式，只看你如何求证、拆解。堂吉诃德的不朽，在于对骑士文学的痴迷。这个瘦削的、面带愁容的小贵族，骑上一匹瘦弱的老马，找了一柄生锈的长矛，带着破洞的头盔，说，我要去当游侠，为人民打抱不平，扶弱济贫。他雇了附近的农民做侍从，又把邻村的一个挤奶姑娘想象成主人，于是以一个没有封号的骑士身份开始了他漫无边际幻想的冒险生涯。

文学的孤独就在于会使一个孤独的人更加孤独。面对卷帙浩繁的经典，我会天真地想到我也可能，也可能像一些大师那样写出流传千古的诗篇，以供后人叹服、瞻仰。这是理想主义的最高目的，用不停的书写代替有形的脚步。有一次在一个研讨会上，一个小地方的作协主席说到一个 80 年代的文学爱好者的故事：北京来函，说是一个全国规模的文学研讨会，他是获奖者之一，参会的前提就是要交数额不菲的会费。于是他卖了家中唯一的耕牛，不顾妻子的劝阻，踏上了去北京的文学之路。回家，妻子已经带着孩子远走，徒留一座空荡荡的院落。

所有的人都在笑，我没笑。我知道其实有很多人像我一样，在乡间，在城市的某个角落，做着一件极为神圣却又极冒险的事情。

多年来养成了惯性，我会在劳作的间隙读书，写一些有关乡村的文字，因此看得开。有人会说那对文学是不尊重的，起码态度不够认真。试问，如果换成是你，一边是繁重的生活，一边是虚无的、可能无果而终的写作，除了看得开还有什么更好的方式么？

无形的风依旧在推动巨大的风车旋转，我们可敬可爱的未受封的骑士堂吉诃德，又一次冲到风车面前。

风车说，来吧，让你的长矛更锋利，更准确一些，刺中我的心脏，刺瞎我的双眼，甚至把我打成残废，无论再大的风也不能让我复活。

风说，来吧，作为一个神话的始作俑者，即便不能逃脱被挑战、被诅咒的命运，也宁愿伏在你的面前受死；或者说，当你足够强大之后，丢弃了所谓封号，换上一匹俊美的坐骑，拥有世间最为坚固的铠甲，我会成为你最为忠实的仆人，陪你浪迹天涯。

在一个信仰缺失的时代，我从风中走来，又无数次陷入风的围困。童年那只旋转的纸风车消失之后，很长一段时间我在没有方向的旷野中奔跑。我希望能听懂世间的风语，就像面对挚爱的亲人或者情人，走下去，无论旋转还是静止。只有风知道。

·拔河，生死为界

◎**拔河**：『力拔山兮气盖世』，我拔你兮谁盖我？拔河是一个悖论方程式，你来我往间，力气不均等，只看是否心齐。楚河汉界是一条死的分界线，双方使出吃奶之力，欲把别人拉下水，谁知常在河边走也会湿了自己的鞋子。我村拔河，需单打独斗，输赢一碗棒子面，都是饿的呀。

在我们村，拔河曾经是无聊时消遣的游戏，几个愣头青一喊，冬日的麦场上就聚集了很多人。有参加拔河的，摩拳擦掌，跃跃欲试，嘴里哈出来的白气透着一头牛的力气；有的纯粹是为了看景儿，大姑娘、小媳妇，靠在麦草垛上一边暖手一边讨论谁看起来最孔武有力。当然，愣头青这时为了卖弄，会故意吊一嗓子，说哪队输了兑钱喝酒，要不就钻女人裤裆。

嘻嘻哈哈中拔河开始，一条牛缰绳被绷得紧紧的，仿佛会冒出汗来。其实冒汗的是拔河的人，战斗尚未开始，有的人就开始腿肚子转筋——谁想钻女人的裤裆呢？那是比死还难受的嘲讽，有可能一辈子都会落下话把儿。比如蹲在石磙上的老当，年轻时吹牛说去南乡拜过师学过艺，一人能打三个棒劳力，后来却被摔了一个狗吃屎。我看拔河时好使偏力，明明与自己无关，双手却握得紧紧的，牛缰绳中间的红绸子往这一挪，我的身子就会往这一偏；红绸子往那一动，我的身子也会跟着往那边倾。这是潜意识在作祟，就像看台上的球迷，别人在黑哨、白哨中踢得轻轻松松，自己往往使出吃奶的力气，矿泉水瓶、哨子、骂声、粗口，统统丢向绿茵场。

拔河起源于春秋战国时期，那会子国家太多，游击战、拉锯战、持久战、三十六计，统统派上用场。唐代之前，拔河还不叫拔河，叫牵钩。《墨子·鲁问》记载："公输子自鲁南游楚，焉始为舟战之器。"是说鲁班当时去了楚国，看到楚兵多水战，就发明了牵钩。敌人后退时，可用牵钩挂住敌人的舟船，以防其逃跑。然后，拉近距离，各个击破，直至敌人全部变成水鬼。后来，通过正规的军事演练，流传到民间，就成了我们村的拔河游戏。

古代的拔河，大多比我们村里的拔河场景壮观，那时的人除了耕种没什么别的事，不像现在的人忙得脚不沾地，股票、车、房、美女、孩子上学，一个个未老先衰。唐朝封演在《封氏闻见记》一书中简单介绍过拔河：人们使用大麻絙（一种粗麻绳）代替了南方的竹篾绳索，麻绳长约150米。麻绳中间插旗为界，旗子的两边地上各画一条竖线，作为河界，所以称之为拔河。旗子两边的绳索上系有上百条小细绳，参与者可将其拴在身上。锣鼓声起，上百名拔河者面红耳赤，使出吃奶的力气，直到把对方拽过河界。

老当是村里的外姓人，当初吹牛说一个打仨无非是想唬住别人：别轻易欺负我，欺负我没有好果子吃。谁曾想一个回合就被人打倒，同时打倒老当的还有老当的老婆，桂花。这个曾经散发幽香的女子，说实话相中的是老当的木匠手艺。老当背着一应木匠家什来到我们村，今天给这家打木箱，明天给那家做立柜，大半年没走出村子一步。刚开始，桂花还在门口看，后来就端茶送水，再后来，一个乌漆墨黑的晚上，钻进给大姐做嫁妆的老当暂时栖身的小仓房，共赴了巫山云雨。

楚河汉界的故事就发生在离我们村不远的开封商丘，相当于刘邦和项羽各领一帮人马展开了拉锯战。玉米收获的季节，项羽留部将曹咎守成皋，自己率兵东进，并再三嘱咐曹咎不要与汉军交锋。曹咎不能忍受汉军日日在城下谩骂，怒而率部出城，船至汜水河中被汉军突袭而败，自知无颜见项羽，自裁。项羽闻知成皋失守，急忙回师广武，刘邦却闭城不出。项羽于是把刘邦的父亲拉到广武山上，要挟刘邦说，你若不及早投降，我把你父亲下锅煮了。

事情的结局是：又一个秋天到来的时候，粮尽的楚军不得不与汉军讲和，以鸿沟为界，中分天下。这是一次旷日持久的拔河，双方在势均力敌的情况下不得已鸣金收兵。至于后来的霸王别姬，是项羽一不小心陷入了绝境。“力拔山兮气盖世，时不利兮骓不逝。骓不逝兮可奈何，虞兮虞兮奈若何！”悲情宣告游戏结束。

桂花嫁给老当的第二年，老当在一次搬运木头时用力过猛，得下了痨病，走不了几步就呼哧带喘，木匠手艺也由此荒疏。下地干活、做家务、照顾几个崽子就都落在了桂花一个人身上。桂花喊老当从不喊名：“狗日的，吃饭。”老当就一鞋底从门外飞来，接着便扭打在一起。时间久了，村子里如果哪一天听不见老当家鸡飞狗跳的声音，就会说：“日，咋？太阳从西边出来了？”

人与命运之间也是一次漫长的拔河比赛，生死为界，谁能知道无影无形的命运在哪里呢？一不小心就会败走麦城。老了之后的老当和桂花还在对骂，如果一个时辰还没看见对方的身影，桂花就会站在胡同里，顿着竹棍：“狗日的犟驴，死哪去了。”有人听见就笑，有人听见则咂摸了许久，想着不知道哪天自己的这条小命也会给阎王爷索去——谁能拔河拔过阎王爷呢？

·复调，青梅与竹马

◎**青梅竹马**：青梅一株，竹马一杆，两小无嫌猜，可谓童心如水。日月更迭，天地循环往复，若他日再相遇，可有『原来你也在这里』之惊喜？物欲汤汤，人心不古，有多少痴男怨女便有多少劳燕分飞。不是我不相信你，是青梅不敌大餐，竹马不敌宝马，年少轻狂不敌家财万贯啊——纯情打不败现实。

杏树很矮，矮得让人心疼。麦子看看四周，是无尽的青麦，布谷的叫声隐隐约约，麦子的眼前是五月金黄的麦浪。没有人知道这株小小的杏树如何在麦田里生长，如何顶开硬硬的壳向天空张望，也没有人知道一株野杏树最后的结局。如同人生，谁知道到底会遇见谁呢，一个能刻印在心底的人，春风一吹，思念便会隐隐作痛。

青禾小麦子两岁，其实两岁在乡间没有多大差别，何况麦子很黑、很瘦，与生长茁壮的青禾站在一起，看起来同岁。青禾娘和麦子娘是结婚后才认识的闺蜜，她们来自不同的村庄。这有什么呢？乡间女子都是相似的命运，在田野上长大，和男孩子一样奔跑，十几岁学习女红，在针头线脑里拨亮忽明忽暗的人生线索。

青禾娘坐在床帮上纳鞋底，针脚细密，就像密密的麦垄，一行行绵延到远方，又一行行折回朴素的村庄。麦子娘在院子里抹袼褙，一层纸，一层浆，一层破碎的花棉布。麦子和青禾在院子里玩耍、追逐，青禾手中拿着一根软软的树根，麦子胯下是一匹奔跑的竹马。麦子后来说，我以为青禾能追上，哪怕树根打在肩上、头上，就是疼也会等着青禾。

麦子家穷，人口多，上学往学校里驮粮食，一个学期没下来囤就见了底。青禾只比麦子矮一级，换来的馍票一半分给麦子。青禾不说，青禾让麦子也不说，青禾娘皱皱眉，只浅浅说了一句："姑娘家吃得还不少。"

麦子还是辍了学，随便在村后的砖窑上找了活儿，麦子娘赶也没能赶回去。活儿很累，麦子倒不觉得苦，骑着一辆破旧的自行车做完工回家，在灯光下学写毛笔字。纸是白莲纸，便宜；字是《长干行》，小篆，写得生涩，但看起来还算工整。青禾说："麦子我不认识，念给我听。"麦子念："妾发初覆额，折花门前剧。郎骑竹马来，绕床弄青梅。同居长干里，两小无嫌猜。"青禾说啥意思，麦子说我也不太懂，等你上了大学就知道了。继续写："十五始展眉，愿同尘与灰。常存抱柱信，岂上望夫台！"

麦子还是没等到麦子成熟，用一把小铲子轻轻将那株小杏树铲起，双手捧着，栽在院子里。一年生根，两年开枝散叶，三年就挂了青青的杏果。多年后，每当麦子想起那株小杏树，就会将它当作意识中的青梅。麦子明明知道青梅只在南方生长。记忆中的青禾，却成了一个永远长不大的小姑娘，一边拿着树根追赶，一边气喘吁吁地说："麦子，你看杏树结杏了，那么青，那么小。"

《青梅竹马》，是日本作家樋口一叶的代表作。美登利 15 岁，龙华寺方丈的儿子信如也是 15 岁，两人同在一个学校读书。雨天，信如经过美登利所住的大黑屋门前，踩断了木屐上的趾袢儿，怎么都弄不好。门内的美登利看见，羞怯地从格子门里丢出一块红绸条。信如最终没有捡起，红绸条寂寥地躺在哀伤的雨水里。麦子读到这里，其实并没有读懂。童年时的青禾肯定不会这样。她看见麦子的鞋子露了脚趾，便学母亲拿起针线缝补，一针针，一线线，扎了手指，血珠从白嫩的指尖坠落。

麦子最后见青禾，是在 19 岁的某一天，他从一座遥远的海边小城打工返乡，听说青禾得了一种治不好的病。青禾从床上挣扎着坐起，说等一会儿再进来。门打开，青禾只是稍微显得有些虚弱，并不像人们口中所说的那么严重。没事吧，麦子说。没事，青禾说。四目相对，麦子发现青禾的帽子掩饰不住的鬓角没有一根头发。

很多年了，村庄还是那座小小的村庄，一直在外的麦子很少回村里，老屋的墙壁上，《长干行》只剩下最后四句："五月不可触，猿鸣天上哀。门前迟行迹，一一生绿苔。"麦子反复默念着，门前的台阶上苔藓苍茫，看不见往日的踪迹。

在一个下霜的清晨，美登利在院子里捡到一朵纸做的水仙花。第二天，他听说信如穿上法衣离开寺院求学去了。美登利不知道自己的归宿在哪里，眼前只剩一片茫茫的雨。

撵上一朵花的时间

◎**踢毽子**：古人好玩，雅玩，踢毽子也叫撵花。一朵开在时间里的花，上下翻飞，穿越古今，就有了魔幻现实主义的主题表达。毽子制作简单，鸡翎毛，眼儿钱，一轻逸，一沉实，以针线缝缀。我踢毽子常想鸡肉香，故技术最差。撵时间还成，大不了坐在树墩上等，花照样开。

我读古书，古人多玩物丧志，一头蟋蟀能斗出半个江山，一只蹴鞠能踢倒金銮宝殿，还有更邪乎的叫“烽火戏诸侯”，单等某一天真的战事来临，美人笑美人哭已经不能挽回残局。这些都是高大上的游戏，基本与民间百姓无缘，我们村也就农闲时节，三五人等纠集一起，虚度一日的光阴。

记忆中我们家好像很少吃鸡——也不对，记忆中总出现吃鸡时的场景，大概那些吃糠咽菜的日子容易忽略，留存的只是鸡肉的香，溢出时光的缝隙。身体健康的鸡尚不能解脱红尘，母亲常在暗中观察，发现哪只鸡不怎么下蛋了，或者受了风寒打摆子，才下决心一刀了断了鸡的卿卿性命。杀鸡的过程可以忽略不计，吃鸡的过程无非是风卷残云，吃相也不怎么好看，单就有关的鸡零狗碎我要说一下，以此证明我也是一个玩物丧志之人。

做饭需要风箱，风暗藏在时间的角落，哪天父亲拉风箱时感觉

◎ 一只鸡毛做的毽子仿佛鸡的灵魂尚未走散，迎着乍寒的秋风起舞。技术上乘者除了我三姐，还有一个叫杏花的姑娘，头上扎一高高的马尾，凌波微步中马尾摇动。

空无一物，就跟母亲说风箱该“挤”鸡毛了。一个动词，将鸡毛重新排序。这时杀鸡时攒下的鸡毛就派上了用场。风箱中有箱板，箱板四周排列以紧密的鸡毛，这样在抽拉风箱时就有源源不断的风吹向我家锅底，煮熟一锅地瓜粥。

吃鸡时母亲叮嘱我们，谁吃了鸡腿就要把鸡腿骨留下，别在墙缝里，风干。这是物化的过程，一只活蹦乱跳的鸡留下坚硬的骨头，参与到另一项伟大的劳作中。我家有一架老式织布机，织布机上的圣花用来滚卷织好的布匹，每紧一次，就要把鸡腿骨做的摽子松动拧紧一次，直到卸下成匹的老粗布。

最后一种才是形式大于内容。每逢杀鸡的日子，我和三姐就开始收集鸡毛。鸡脖子上面的鸡毛，尤其是公鸡的，像前朝的顶戴花翎，一只大公鸡能走出内阁大臣的风仪。收集起来的鸡毛用于缝毽子。一小块碎布头，一枚铜钱，一根鸡毛的羽管，插入一撮鲜艳的鸡毛，一只一飞冲天的毽子宣布大功告成。

古籍中说，踢毽子来源于蹴鞠，就是足球的鼻祖，这还真有些突兀。假如没有足球的话，就不会有黑哨，不会有恐日、恐韩诸症。赛事来临，只需派出我们村的毽子队，说不定早已冲出亚洲踢向世界了。

《事物纪原》载：“今时小儿以铅锡为钱，装以鸡羽，呼为‘毽子’。三四成群走踢，有里外廉、拖抢、耸膝、突肚、佛顶珠、剪刀抛之名色，亦蹴鞠之遗事也。”单踢毽子的技术就有数种之多，可见娴熟。“柳条儿死，踢毽子”，是说这项闪展腾挪的活动大多在秋天举行，霜降如雪，冷意初临，需要走出家门活动活动。我三姐酷好踢毽子，常常和一群小姑娘在村前的老河滩上，脱下多余的衣裳，轻装上阵。

一只鸡毛做的毽子仿佛鸡的灵魂尚未走散，迎着乍寒的秋风起舞。技术上乘者除了我三姐，还有一个叫杏花的姑娘，头上扎一高高的马尾，凌波微步中马尾摇动。盘踢，身材不胖不瘦的杏花将一腿弯曲，由外而内，或者两只脚交替，以足踝使毽子翻飞如花。拐踢难度稍大一点，以外脚踝为着力点，一边数一边踢，竟能百余回合脸不红气不喘。磕踢类似于中场休息，将翻飞的毽子用膝盖稳稳承住，再用膝盖踢起，忽而发力，开始蹦踢。这是踢毽子的高潮，脚尖忽上忽下，毽子飞起一丈有余，仿佛从云端落下。

（我此时的表情大概有些呆滞，曾经在心底暗暗发誓，等长大了就娶一个像杏花一样的姑娘，可以天天欣赏踢毽子。）

唐代释道宣写过一本书叫《续高僧传》，书中记述了一个叫慧光的小和尚，有一天在天街井栏上反踢鸡毛毽子。观看者人潮涌动，竟然一连踢了五百下。师父出来，不仅没有责怪，反而大为赞赏"此小儿世戏有工"，大概是说十二岁就能把毽子踢成这样，来日踢进奥运会也未可知。

我也曾蠢蠢欲动，以为能用脚跟上毽子翻飞的影踪。凌空丢下，脚尖踢起，毽子尚在，鞋子却已不见踪影。《百戏竹枝词》写道："忘却玉弓相笑倦，攛花日夕未曾归。"看来到底是没有一只灵巧的玉弓，攛了一辈子也不曾攛上一枚灵逸的花朵。

追忆我的似水流年

◎**游泳**：狗刨为常见姿势，河湾清浅，一干小儿扑通扑通入水，如鱼返海洋。曾如普鲁斯特有通感：人静躺于水面，身前身后事杳然；一架银灰色飞机飞过头顶，轰鸣如山崩海啸，心想，只要不死就要坐一次飞机，哪怕就此失联。

我躺在平静的水面上，老河滩上的草兀自绿着，花儿们孤独开放，河岸上的树影倒映在水中，不用说树梢的那一部分刚好滑过我的鼻梁。此时的脑海一片虚无，我在想，如果这样顺水而流到底能抵达什么地方，是传说中的大海，还是一片浩大的芦苇荡？在我消失之后，父亲会不会沿着长长的老河滩一瘸一拐呼喊我的名字？母亲会不会涕泪横流，此后的天空像塌了一样？

法国作家普鲁斯特，1871 年 7 月 10 日生于巴黎一个资产阶级家庭，父亲是学者，母亲则是富有的犹太人的女儿。普鲁斯特自幼患哮喘病，终生为病魔所苦。如此算来，我比普鲁斯特整整小了 103 岁。100 年的时光就这样倏忽过去了，当我捧着那本像大河一样长的《追忆似水年华》，竟然感觉重新回到故乡的老河滩，静静躺在河面上。

这是另一种重逢，一个西方，一个东方，一个罹患疾病，一个尚算健康。生活没有什么可以抱怨,当我来到老河滩时,命中注定与这片土地结下不解情缘。无论贫穷还是富有,无论疾病还是健康,这里将是我不可改变的血地。老屋的房梁下,埋着母亲生我的胞衣。

直到现在我也弄不清自己到底会不会游泳。电视屏幕上运动员纵身一跳,伸展的姿势优雅从容,像一条毫无羁绊的鱼冲向对岸。而我们,夏日,在蝉们浮躁的叫声中,从一株歪脖子老柳上也是纵身一跃,毫不在乎地吐出呛在口中的河水;脑袋,像一个个秃瓢在水面上浮动。偶尔,会有一尾伺机而动的蚂蟥,钻进肌肤,在麻醉的瞬间喝饱了肚皮,被二皮宝贝般在手中抟转,吓坏了河岸上洗衣的母亲。

人生大约也是一条淙淙流淌的河,从遥远的地方发源,从母亲的子宫发源,一路或瘀滞,或欢歌前行。因为病痛,普鲁斯特在一次疗养的过程中爱上了一个叫阿尔贝蒂娜的姑娘,一开始遭到拒绝,后来姑娘的态度有些改变。而他更狂热地爱恋着她,想与她结婚,将她关在家里。后阿尔贝蒂娜不告而别,普鲁斯特到处寻找,最后得知她已突然死去。这是一件事情的源起,在长长的病痛时光中,普鲁斯特不由自主拿起手中的笔,时而波折起伏,时而又哲人般叙议。

在一定程度上,一个作家的思想与记忆紧密关联。这不可更改的宿命,这难以逃脱的结局,只能俯下身来,承受应该承受的痛苦,咀嚼理所应当的感官的欢愉。

我以为我的青春从一开始就注定了结局。1992 年,是我第二次踏上渤海湾的渔船。盖州市，一个90年代足够潦草的海边小城，在小城20公里之外的滨海渔村，我和渔民们一起早出晚归。歇伏之前，在老家，我去找一位心仪的女孩，她已从原来的学校去了县城。天空飘着雨，我双手绞着，很不自然地从包里掏出送她的两本书。她收下，仿佛又觉得不妥，说会在看完之后还我，然后擎着一只花雨伞，送我到学校门口。

结局就是那么简单。当我再次回到渤海湾的渔船上时，已经觉得周身寒彻：路，是茫然毫无方向感的路；天，是连着大海一片白茫茫的天。或许就此下去？或许我的人生已无峰回路转。该读的书还是要读的，我趁渔船歇风的当口，乘车去不远的盖州小城，诗三百、词三百、鲁院艺术教程，买来在摇荡的船舱中阅读。

我不清楚自己到底为何喜欢写作，在芜杂的小镇一角，等夜色徐徐落下帷幕，等电脑在嗡嗡声中启动，一杯茶，一支烟，安于在文字的河面上漂浮。每一次书写，水声在耳边泠泠，头顶上的树影清凉滑过鼻翼，就像小时候，在故乡的老河滩上，随波逐流。我一样不清楚自己的流向，只是在有关乡土的解构中重新感受着乡间的冷暖，在对农耕文明的怀念中寻找那份业已淡却的微光。没有什么是凭空建立的，如同现代文明的发展，一丝一缕都从农耕文化的深部出发，一匹布，一粒谷，一张琴，一页纸，都能找到清晰的源头。我需要细细梳理，就像在回忆一个梦境，抓住那缥缈的一缕，就抓住了物的魂灵。

大海给我的印象，远不是在一些人眼中充满神秘、有着浪漫主义情怀的一面。风起，水面上打着呼哨，像凌空飞来的无数支箭矢，这时，如果不想葬身鱼腹，渔船必须返航。而我们的船在一片海中的浅滩搁浅，叶轮被废弃的渔网死死缠住。我的勇气不知从何而来，后来想除了我还有渔船船主的儿子和姑爷，他们都是海边出生、海里成长，为何单单是我脱光了衣服，跳入浑浊的海水？

在水中睁开眼睛，是我在老河滩上就开始试探的游戏，看究竟一个人在水中能否像电影里演的那样正常视物。让人失望的是，除了深绿迷茫一片，什么也看不见。海水更甚，忍着咸水的腌制睁开眼，是更深的墨色。一次、两次，当我最后一次潜下水时，浪涛已经在海底汹涌。我还是摸到了叶轮，闭着眼用菜刀在轮轴上砍、削、割。我忘记了姑娘，忘记了老河滩上的家，忘记了自己一个人来到渤海湾的渔船上，将一大团废旧的欲望举出了水面。

报酬，是一条名字叫作红梅的烟。

如今很少有孩子在老河滩上窄窄的河道里游泳，上游倾泻而来的污水让小河里的青蛙、蚂蟥、鱼儿，几近绝迹。我也始终没有再次验证自己的游泳技术，是狗刨、仰泳，还是其他，但总不至于被水淹死。更多的时候，我会觉得自己也患上了一种病，几天不写作就会寝食难安。至于与普鲁斯特到底有多远，天知道。

胶片是一首泛黄的诗

◎**老电影：**老电影的好，在于放映机发出的声音，嘶嘶哑哑，好像时间永无尽头。有一次看露天电影，散场，独睡于场地中间，醒来鲤鱼打挺般爬起，顺着沟边的树、小河里的水声找到家，当夜做了一场噩梦。梦见身陷炮火之中，手榴弹、炮弹齐发，『向我开炮』的豪言壮语终未喊出，被尿憋醒。

我走在逼仄的乡间小道上，月光白白的，洒落在玉米的枯茎上，没有人肯与我同行，耳边只能听见蟋蟀的叫声，纤细，一如月光在天地间扯起单薄的琴弦。我记得那天我发了烧，在低矮的老屋里嘴唇干渴着醒来。我喊："娘，渴。"母亲端了一碗水放在桌子上，一转身不知去了谁家。做梦，梦中是一团一团挤压过来的云团，足以让人窒息。天光逐渐暗了下来，木格窗棂外传来广播喇叭声，说是李家庄有电影。我想起来，我想让在院子里敲着盆子喂猪的三姐带上我，一起去看电影，三姐并不情愿地说了一声什么，转眼间陷入更大的空寂。

我不会忘记童年的很多片段，一旦静下来，脑子就像一架简陋的放映机，忽略攒动的人头、情人间的低语，忽略露天电影场周围高大的杨树，忽略谁家孩子哭喊着想要钻出拥挤的人群，只剩下放映机匀速的转动声，像时间流逝的声音。我无意探究电影的发展

史，就像一个生活在村庄多年的人，不会条分缕析去分辨食物的营养。维生素、卡路里，都不重要，重要的是如何填饱肚皮。

电影该是村庄的启蒙。年少时的乡村，也只有电影能让我们听见不同的声音，看见一些新奇的场景与面孔。如果让我细数的话，我发现能清晰记起的也有几十部，现在说来，未免有点老掉牙的感觉，还是作罢。电影放映前，放电影的村子会在高音喇叭上一遍一遍播报，所以讯息得以瞬间传达。人们奔走相告——早吃饭，去看电影哇。更多的是年轻人，女孩和女孩一起，男孩和男孩同道，如此，才会在电影之外发生一些难以预料的骚乱。

年代再早一些的拉洋片，大约是电影的雏形。使用的道具为四周安装有镜头的木箱，箱内有准备好的数张图片，灯具照明。表演者在箱外拉动拉绳，图片在箱内移动，观者便可通过木箱上的镜孔看到图片上完整的故事——《夸美人》《大花鞋》《水泊梁山》。有一年在河北，民间艺术展演，一位老艺人收拾好一套一百多年的拉洋片道具，现场表演《渔樵耕读》。

老者的念白京腔京韵，一听就曾在皇城根下混过。渔是渔夫，东汉的严子陵，说是汉光武帝刘秀的同窗，颇得刘秀赏识。刘秀当了皇帝多次请他做官，都被他拒绝。一生不仕，隐于桐庐，垂钓终老。樵是朱买臣，出身贫寒，卖柴为生，大略与我现在剃头的光景相仿。坏就坏在朱买臣和我一样酷爱读书，以至于后来媳妇不堪贫穷也跟人跑了。这是一个经典的屌丝逆袭神话，穷书生遇得贵人推荐而成汉武帝的中大夫、文学侍臣，鱼跃龙门。耕所指更是大牌，是说舜躬耕于历山，教导民众。读说的是苏秦，每天读书到深夜，困了就用母亲纳鞋底的锥子刺一下大腿，而后博得功名。

我本来不太喜欢说教的东西，但忽然发现文学的旨意无非是鞭挞黑暗、书写光明，甚至在佶屈聱牙的解构中辨析善美与罪恶。这很让人沮丧，以至于我在书写的过程中常常会诘问自己：写作的价值到底在哪里？如何才能走向一条更加深邃的通道？而现在，我不能偏离太远，在对一种朴素的乡村游戏进行剖解时陷入文学的迷途。

刀子是我要好的朋友，执拗地将父亲从部队带来的钢丝绳裁断，做成一件杀伤力极强的防御武器，系在腰间。梁子是上次在高庄看电影时结下的，西洼村的刘二用一根麻糖取得立春的好感，有人看见立春在月光下跟着刘二钻了麦草垛，回来时发间还有细细的麦草。立春是刀子的妹妹。

我能理解刀子所感受到的屈辱，那种对不洁的片面仇恨在瞬间刻印在乡村少年的内心。但我不能理解为什么男人一定要追逐女人，女人为什么离不开男人。后来上了初中，刀子神秘地从书包里摸出一个东西，说给你看，但一定不要说出去。眉眼之间仿佛在做一个见不得人的勾当。对着阳光，我看见一个外国女子的胴体，由模糊渐变为清晰，如此年轻，线条起伏，乳房，阴部，但凡从未见过的隐秘部位都浮出水面。我感到了事情的严重性，从那一刻起，告别童年。

乡村少年的天真，在于生活在蓬勃的草木间，没有人告诉你如何面对旺盛的成长，也没有人刻意启蒙有关人体的密语。所以很多时候我们只能在大地上奔跑，追逐莫名的远方，汗水淋漓，笑意淋漓,野性淋漓,殊不知体内的另一个自己正在开枝散叶,终有一天突破坚硬的冻土,如雨后春笋。

那是一个标志性事件:少年刀子在电影散场后伏击在一个黑黢黢的麦草垛后面,一通劈头盖脸,柔韧的钢丝绳落在刘二的脸上、身上、手上。而少年刀子也被踹进路旁的水坑,头被木棒击破,至今伤疤还在。

一根绳子的时间简史

◎**翻花绳**：两人，一绳圈，交互翻之，有双十字、手绢、面条、牛槽、酒盅、小媳妇开门诸形。吾性蠢笨，至牛槽而不能喝完交杯酒喊小媳妇开门，乃为憾事。《聊斋志异》交线之戏，封生聪颖，所以交线之后鸳鸯交颈而眠，是为梅女心机，翻案指日可待矣。

上古无文字，结绳以记之。说的是上古时代，人类尚未发明文字之前，如果有了重要事情就在一根绳子上做结，以免遗忘。风吹山野，月光落在门楣上，一根简单辫结的棕绳在夜色中飘荡。那是时间排列的秩序，哪一个绳结关乎渔猎和谷物，哪一个绳结关乎爱情，哪一个绳结又代表着对先祖的祭奠，无不了然于胸。

我对绳结的深刻印象，来自年轻时在渤海湾的一艘渔船上做工的经历。那时懵懵懂懂，以为日夜与大海相伴是一件多么浪漫的事情，然而事情的发展往往出乎人的意料。在经历了一天一夜的风平浪静之后，大海终于露出陌生而狰狞的一面。我开始晕船，直到吐出一口一口苦苦的胆汁，有世界末日来临的绝望。

接下来的时间，就是学习如何拴系绳结。平结，左搭右，右搭左，用于拴系下网的浮标。一根细细的绳子，一端是漂浮的竹竿，上面飘着一面小小的旗子。猪蹄扣，用于联系渔网与渔网之间的缆绳，在海底形成一个长长的网阵，以捕获命运多舛的鱼族子孙。另有渔人结，将一硬一软的两条绳子连接在一起，多用于拔锚起网。

小时候，老祖母教过我翻花绳。凉月满天，促织在墙缝中叫个不停，老祖母从针线笸箩中取出一根纳鞋底的棉绳，两端系在一起，形成绳套。老祖母结成双十字，我用笨拙的手指挑成手绢的形状，接下来是面条、牛槽、酒盅，老祖母念念叨叨，好像一条普通的绳子能翻出世间万物。翻到最后一个的时候，我打了一个长长的哈欠，被老祖母刮了一下鼻子，说："小媳妇开门喽，快让我们家小小进去睡觉。"

在简洁的乡村，一根细细的棉绳是我们从无形的时间中裁下的一截，可以缝补衣服，为我们遮挡风寒；可以做成舒适的千层底，从村庄走向更远的世界；也可以乘坐在光阴的渡船上，人与人面对，手与手交互往来，翻挑出时间的具象，以面对空旷的田野与虚无的时空。所以，你若是问及六七十年代的人："知道翻花绳么？"那人准会说："嘁，小儿科，小把戏，不信就试试谁翻的花样多。"

我所知道的样式大概也就那么几种，老祖母在骑鹤远行时紧紧攥住我尚且稚嫩的小手，笑着。那意思好像明天还会醒来，和我坐在凉月满天的院子里，一面翻花绳，一面唠叨：双十字、手绢、面条、牛槽、酒盅，小媳妇开门吧。

我终是没在老祖母在世时娶上媳妇，但她一定会在天上看着，看我一个人在村子里摇摇晃晃长大，看我成家立业。甚至，在某天夜深人静的时候，从门外悄悄走过，然后化作一缕缥缈的风，被写进虚无的时间简史。

《聊斋志异》中的梅女,是一个被人陷害的魂灵,有一天出现在封云亭居住的寓所。梅女美丽善良,是被盗贼贿赂贪官冤死的,冤魂不散,决心报仇。封云亭仔细听了事件的来龙去脉,决定要帮助这个苦命的女子。但长夜漫漫啊,孤男寡女独处一室,封云亭难免心头小鹿乱撞。封曰:“坐对佳人,闷眼相看,亦复何味?”女曰:“妾生平戏技,惟谙打马。但两人寥落,夜深又苦无局。今长夜莫遣,聊与君为交线之戏。”此中的交线之戏便是老祖母曾经教给我的翻花绳。

封云亭答应了梅女,两个人在孤苦的灯光下对坐,翻变良久,以至于封迷乱不知所从。而梅女则“愈出愈幻,不穷于术”。可见翻花绳的历史久远,沿着时间消逝的轨迹,与蒲松龄劈面相逢。

写到这里,游戏一种便可告终,至少我从多个侧面对一根绳子所带来的精神价值、实用价值做出了粗略的描写。但看着对面白白的墙壁,梅女时有可能从里面婀娜走出,央告我来一段交线之戏。不是怕,我有时会觉得鬼比人可爱,遇人天真,时作调侃之状,执着、热烈、坦诚。

那么不妨交代下事情的结局。

在封云亭的帮助下,梅女报了前世冤仇,告诉封云亭做一个装鬼的袋子挂在胸前,梅女化作一缕青烟钻了进去。封云亭到了延安,寻访到一个姓展的人家,展家有女初长成,“貌极端好,但病痴,又常以舌出唇外,类犬喘日”。一看就是吊死鬼的模样。求亲,展家应,合卺之时,封云亭打开布袋子,梅女与展家女灵肉合体,于是成就了一段千古姻缘。

时间的潜意识走向

◎ **踢石子**：我的发明，可谓无聊时的游戏一种。平原多土，无石，上学路上，边走边踢，可心无旁骛。后写作，心中有无形石子，自始至终，收藏内心角落，待下次再踢。戈多不来，我不能走，嗅靴子，闻帽子，玩上吊，啃胡萝卜，人生短暂，不妨自得其乐；戈多来了又如何——子非鱼，安知鱼之乐？

我始终不能忘记那样一个场景，是春天还是夏日，有些恍惚。起床，打开破旧的柴门，背起书包时，还忘不了从竹篮里摸出一个硬邦邦的馒头。或者，掰开馒头，夹一些细小的盐粒，这样就不至于在吞咽馒头时味同嚼蜡。

这是我饥饿的童年，如果没有一只冷硬馒头的陪伴，我亦不知道教室里的时光会有多么难捱。但也有可能是潜意识在作祟，就像现在，如果停下写作，我亦不知道如何面对空旷的光阴。

记忆在复苏，每一次记忆苏醒时童年就像泛黄的全景式胶片，村庄，老屋，一座将要坍塌的砖桥，还有红红的日光。可能是很长时间没有理发，也可能在走出家门时母亲怕我冷着给我穿得太厚，有一万只细小的银针刺向头顶，感觉像数不清的小虫在毛孔里蠕动，抓、挠，心急如焚，也不能解决根本问题。

路边有一块小小的石子，小到很多人都忽略了它的存在。我大概也曾忽略过很多次，只不过这次遇见是宿命。石子的棱角早已被磨秃，一看就饱经风霜。我们村地处平原，很少有石子或者大块的石头出现，最近的也在安徽的砀山。成年之后，我见过很多拖拉机冒着黑烟，从砀山拉来石头，卖给盖房的人家，做地基。

这枚小小的石子应该是从拖拉机上跌落的，跌落在平原的深处，除了泥土还是泥土，找不到一个相似的朋友。我的布鞋已经张口，丑陋的脚趾露出，像是一个不大不小的嘲讽。很多年以后，我关注起自己的脚来，买鞋不需太贵，只要看起来不算寒酸就好。我受不了那种低下头来的自卑，发自内心，蜷缩成一只胆小的兽，不敢面对世人。

那枚石子被我一直踢到学校，然后小心翼翼地放进一个隐秘的墙缝。没人能发现一个人深藏内心的秘密，如果他终生不想示人，那么这个属于私人的事件会很好地在岁月中封存。我舔了一下掉在掌心的馒头屑，没有融化的盐粒还在腌渍唇角。吞下口水，开始朗朗的晨诵。

潜意识，是指人类心理活动中不能被认知或者没有被认知到的部分，是已经发生但并未达到意识状态的心理活动过程。我不能解释踢石子这一爱好的由来，就像到了现在我也不能解释为什么我每天晚上必须进行写作。如果生活本身是有意义的，种地、理发，都有自身的价值存在，那么我为何还能将写作这个更为孤独的事情继续下来？名利的部分隐约存在，但不是主导，为了糊口或者其他？根本找不到理由。

在《等待戈多》中，两个流浪汉在黄昏的荒野中相遇。他们从何处来？不知道。唯一清楚的是他们在这里“等待戈多”。每一次的等待之后，戈多的信使小男孩都会准时出场，说戈多不来了，今天不要再等。在这个看似无聊的等待过程中，人们无话找话，没事找事，嗅靴子，闻帽子，玩上吊，啃胡萝卜。波卓的出现，使他们一阵惊喜，误以为是戈多来了。然而，波卓做了一番令人目瞪口呆的表演之后，就是信使小男孩的报告：戈多今晚不来了。

有多少次我从墙缝中拿出那枚小小的石子，踢着上路，人们走在路的中央，我偏偏喜欢紧靠路边，即使石子有所偏移，我也会重新踢到路边去。路边是丛生的野草，会淹没石子的踪影，经过一番寻找，无一例外，我都会找到属于我的那枚石子。

从学校到家，从家到学校，我无暇顾及身边的风景，内敛、自卑，以拒绝的方式企图向身外的世界说不。这造成了我对喧嚣的排斥。每到一座城市，我都会先找到一个安静的角落，坐下来喘息，像一只无家可归的兽，在钢筋水泥的丛林中陷入更深的孤独。

我在寻找什么？到底有什么值得我这样孤身一人上路，去寻找，去呼唤，去用尽生命中所有的孤独，与之深情对望？

盼望中的戈多始终没能到来，等不来戈多，又要等待，真是可怕。剧中的人们不得不再次寻找昨天失去的记忆，再次谈论起靴子、帽子和胡萝卜，至少，这样可以证明自己曾存在。

我总算从童年的那枚石子中走出来，至于一枚石子的归宿，无非是大地人间，肯定存在于世界的某个角落。只是那个踢石子的男孩已经在时间中走失。我望着他孤单离去的背影，没有失望，没有感慨，甚至连祝福也没有。毕竟，他曾在我的记忆中再次出现。

·指星星的人过去了

◎**指星过月**：天色将晚之戏，暗合星月升起。一人蒙眼，数人进行临时扮演，指星星、瘸子、驼子、背媳妇的，蒙眼者掀开指认。类似杀人游戏幼儿版，考验逻辑、神色及耐力。古有摸瞎鱼，记于《宛署杂记》，是以声音为诱饵，引其现身，轮番往复。

我又一次写到夜，夜在我的生命中至关重要。很多事情都发生在夜里，草木在夜色中也未停下生长的脚步。蝙蝠像一位黑暗的使者，不知从何处飞来，在夜幕下卖弄飞翔技巧。蝙蝠的神秘感来源于与人始终保持着距离，你看不见它的生，也看不到它的死，甚至找不到它隐秘的住所。我们有着最为单纯的快乐，就是脱下脚上的烂鞋子，努力向夜空掷去。很多次，蝙蝠在离鞋子最近的时候，一个俯冲，好像真的要钻进一只又脏又旧的鞋子里。

没有人能使一位暗夜的使者中圈套，也没有一只蝙蝠会傻傻飞进凌空而来的鞋子。我们、蝙蝠，不过是在重复一个无聊的游戏，以此过度白昼与黑夜。倦了的我们躺在老河滩上，一个个像被蝙蝠的嘲讽击中——来吧，光屁股的娃儿们，蝙蝠爷爷有的是时间，有的是嘲弄你们的心情。

指星过月，由个子最高的福才倡议。福才个子高，却永远是被欺负的一个。福才怕水，还没走到小河边上，就腿肚子转筋。一个人在前面说，没事，水真的很浅，一个人在后面冷不防一推，水就没过福才的头顶。福才大叫，猛地从水中伸出头来，呛了一口水。上学路上，缸子要福才喊爹，福才不肯，低着头继续走路，路边有一株被砍去头的小榆树，长了很多柔韧的枝条，缸子把福才逼到榆树边上，五花大绑，吊到树上。

游戏开始，一只只黑爪子攥成拳头，伸出一个大拇指，一个压一个按顺序抽出，数到七，数七的那个就被指定为蒙眼的驴子。用一块黑布蒙上双眼，经过试探，确信伸手不见五指，其余的孩子则依次从蒙眼者前面走过。负责蒙眼的那个，像是隐藏在时间背后的裁判，也像是一部黑白电影的画外音。

——“指星星的人过去了。”福才就一只手背着，一只手指着暗黑的天空，有没有星星不重要，重要的是此时的身份。他在昂首挺胸，指着一颗无辜而遥远的星辰。

——“瘸腿的人过去了。”缸子就一只手叉腰，一只手扶着膝盖，一瘸一拐地走了过去。他不知道，这是一句谶语。在二十几年以后的某天，他真的成了一个从异乡归来的瘸子。有人问，缸子只是不说，摆摆手，高高低低，消逝在渐渐浓起的暮色中。

——“背媳妇的人过去了。”我在慌乱的情绪中想起外乡人演的木偶戏《猪八戒背媳妇》。没有情节，没有开始与结局，猪八戒腆着肚子出现在嘎石灯下，满脸笑意。弯腰、收腹、隆背，好像真的有一个如花似玉的大姑娘伏在身上，哪知道却被一只成精的猴子戏耍。

——“骑高头大马的人过去了。”“歪嘴的人过去了。”“捂嘴笑的娘儿们过去了。”每个人都在努力扮演所饰的角色，每个人都努力不露声色。而后，解开蒙在眼上的布带，开始揣摩、辨认。谁在走动的过程中脚步放轻，谁一不留神摔在地上喊了一声娘，谁还忍不住做着刚才的动作。总有猜对的时候，一个人的一生也就长长短短几十年，从叛逆走向宿命。

明代沉榜曾于《宛署杂记 · 民风一》中写道：“元宵游灯市，走桥摸钉，祛百病，放烟火，打鬼，跳百索，摸瞎鱼。”自注：“群儿牵绳为圆城，空其中方丈。城中轮着二儿，各用帕厚蒙其目，如瞎状。一儿手执木鱼，时敲一声，而旋易其地以误之。一儿候声往摸，以巧遇夺鱼为胜，则拳击执鱼儿，出之城外，而代之执鱼轮入，一儿摸之。”此亦为指星过月一种，以绳为城，以木鱼之声为诱饵，于暗黑之中摸索，轮番往复。

缸子从深圳归来的那一天，正好福才也从石化公司返回村庄。三十几岁的缸子躺在床上，身上缠满了绷带，一路颠簸，一路疼痛的哭号，让生命暂时进入麻木状态。在缸子媳妇的叙述里，我们得知不久前的一天，缸子从十层楼的脚手架上摔下来，折断了右腿，骨茬子露着，膝盖不知去向，小包工头丢下一万元钱后人间蒸发，建筑公司推诿扯皮说你可以去告。谁能摸到衙门呢？缸子媳妇涕泪横流，说交不起住院费，就这样把他接回了家里。

我在复述每一个乡村游戏的时候，总会忍不住想起村庄里那些熟悉的人、事，一晃几十年，就这样走过了半生路程，接下来的半生无疑更是处处凶险。那时的夜色静谧，那时的星光明亮，甚至于就连那时的空气，也像三月的草木般清新。缸子接过村人们捐来的救命钱，麻木的双手竟止不住颤抖。福才伏在他的耳边，说若再需要钱的时候打个电话，我们是尿尿和泥的兄弟。

指星星的人过去了，瘸腿的人过去了，歪嘴过去了，背媳妇的人也过去了，村庄又一次陷入夜色的浓情中。

○

山坡羊

第五辑

田园篇

瓜棚豆架雨如丝，
我还记得
你隔着土墙喊我的名字

·人间蛙事

◎**蛙戏**：蛙戏有史，属民间异事一种，与印度蛇师类同。置蛙声不同者于格，宫商角徵羽为分，击格则蛙鸣，似乐音，锣息而止。乡间小儿戏蛙，尚未启蒙，不知生之艰难，癫疯于滩涂。

要听蛙鸣须在夏末雨后，非雨不可。天气沉郁，蛙鸣不能鼓，即使传来三两蛙声，也觉寂寥、沉闷。雨要狂雨，倾倒如豆，阵落瓦当，砰然有声，枯枝败叶被豪雨扯下，漂浮在坑塘上。雨后，有豁然开朗之感，天高地阔，一扫往日阴郁。初时，一蛙浮出水面，前足踏在枯枝上：格——叫声清脆有波纹状，水波为之旖旎；格——声音愈见高亢、亮丽，穿越林梢；格——三声起时，众蛙齐鸣。

我听蛙鸣，于仲夏夜傍晚，地气氤氲，田间玉米墨绿如黑。蛙鸣如鼓，顿时脑壳开窍，思想宏大而渐趋于空白，只剩蛙鸣声声。夜色如绸，蛙鸣如绸，闭目假寐，身体徐徐飞升，被一股洪亮的声音托举，如幻如梦如泡如影。蛙鸣有色，稀疏时浅绿、淡黄，一如草木，听之有心旷神怡之感；浓稠时如墨云，层层叠叠，如失足洪钟大吕之声，找不到归家之途，久而入梦，仍为声音之云团裹挟。

年少有暇时，常捉无辜蟾蜍上岸。在我们村，蟾蜍被叫作坏蛤蟆，青蛙被叫作好蛤蟆，说是只有青蛙才吃害虫，殊不知在消灭害虫方面，蟾蜍更是能手。据说每只蟾蜍一天能吃 270 只害虫，一年能吃 4 860 000 只，是多少，自己掰着指头数。我捉弄蟾蜍，叫气蛤蟆，用小木棍反复敲击，瞬间蛙腹如鼓，像一个生气的乡间妇人，嘴里呼呼喘气，说："吃饭，吃你娘个逼，气都让你气饱了。"现在看来，确实造孽，面对一只无辜的蟾蜍，足见一个乡间少年的顽劣。

古时候的蛙戏不是这样，如同鼠戏、猴戏，以蛙为戏，以期达到娱乐效果。人与蛙相处的时间很早，在新石器时代的陶盆上，已经有蛙的形象作为装饰。据说中国传统的太极图，便是拖着尾巴的两个蝌蚪。先民崇拜青蛙，原因之一是蛙的繁殖力旺盛。莫言《蛙》一书中，阐述的也是这个意思：借一只村庄里的蛙，象征大地上的男人女人，生殖繁衍，计划生育，你来我往中看见人性之美、之善、之恶。

《清稗类钞》中对蛙戏有详细记载，其中有一种叫作蛙曲。说王子巽在京城时，曾经看见一个人在市井中作蛙戏。戏蛙者带有一个木盒，木盒上有孔，每个孔里伏着一只青蛙。戏蛙者用木棍敲击为首的青蛙，则哇然而鸣。如果观众里开始有人施以金钱，戏蛙人便一通猛敲，声音如拊云锣，宫商角徵羽，仔细听来竟然能分辨出是一首美妙的乐曲。信然，如果戏蛙者将蛙鸣的声音按高低划分，依次装入木盒，即便不甚形肖也不会有太大差别，只是蛙们如何能听懂人的意图，着实让人费解。

我们村的青蛙，想来也有这样的能耐，若不然也不会在如绸的夜色中合奏出一场田野大合唱。天地之间，如同站立着一位虚无的音乐指挥大师，舞动风，舞动黑暗中的树，将一股高亢的旋律飘来荡去，为草木生长鼓与呼，为村庄木床上的子嗣延续加油。

我看老河滩上的蝌蚪，透明的胞衣中若隐若现细小的黑色颗粒，在漂浮，在游动，在苏醒，在用难解的蝌蚪文在流逝的水面上写下无字之书。从细小的卵粒开始，长成摇曳尾巴的蝌蚪，后足，前足，腮渐渐消逝，直至尾巴倏然不见，一尾小小的蝌蚪就长成了一只蛙。麦黄时节，我怕一脚会伤害到一只青蛙的性命，分垄、起镰、收割，行进缓慢如蜗牛。母亲在前面骂，我却依然我行我素。

蒲松龄《聊斋志异》里的《青蛙神》，讲述的是江汉之间的故事，那里的人们对蛙神的崇拜最为虔诚。“祠中蛙不知几百千万，有大如笼者。或犯神怒，家中辄有异兆：游几榻，甚或攀缘滑壁不得堕，其状不一，此家当凶。人则大恐，斩牲禳祷之，神喜则已。”蛙神也不好伺候，如果犯了蛙神之怒，家里往往不是破产就是亲人无端罹患病难，会有无数的青蛙爬到床上、锅台上，甚至爬到墙上也掉不下来，想想就骇人。

故事所讲，是湖北一个叫薛昆生的，自幼聪明，容貌俊美，甚合蛙神之意，于是一个穿青衣的老太太来到他家，说蛙神愿意把女儿下嫁给昆生。当然，昆生父亲还是懂得人神之间的差距的，就像现在的穷小子娶个大富之家的闺女，肯定有不少罪受。如此你来我往间，薛昆生还是和青蛙姑娘十娘结了婚。十娘傲娇，昆生偏偏想治治她的傲娇；十娘不事女红，昆生偏偏说母亲年纪大了你不能天天让母亲给我裁剪衣裳做帽子；十娘怕蛇，昆生这小子偏偏弄来一条蛇装到木匣子里来吓唬她。直到有一天蛙神再也不耐烦，将十娘又嫁到了一个姓袁的人家，薛昆生这才迷途知返，你好她好谁也不如自家媳妇好，愣是又给重新娶了回来。

如今的田野再也不是从前的田野，农药、化肥、抗生素弥散其间，蛙民生计步步维艰。有一次回到故乡的老河滩，河水污浊，臭气扑鼻，没听见蛙鸣，倒是看见上游漂流而下泛白的青蛙和鱼。天作孽犹可恕，自作孽不可活。

摸鱼儿——鲫鱼疑案

◎**摸鱼：**摸鱼要的就是一个摸字，于水流之中感知怦然一动的喜悦。母亲言，鲫鱼为草籽所化，水尽鱼飞。江南亦将鲫鱼称为鱼菜，归于素菜，心有所惑。『摸鱼儿』作词牌解，有乡野之风。更消几番风雨，匆匆又去摸鱼，是我篡改的。鱼无罪，怪我年幼无知。

摸鱼儿靠的就是一个摸字，水在流淌，人伏在水里，一双手摸摸索索，在踅摸一次次小小的惊喜。手一动，水花一颤，老黑叔手一扬，肯定撇上岸来一条三五寸的鲫鱼。鲫鱼，我们村叫草鱼板子，没有太大的，顶多巴掌大小。柳条儿鱼不适合摸，像飞行在水面上的一支响箭，嗖的一声，稍有风吹草动就游了二里地远。

我很小就学会了摸鱼的本事。村前的那条小河，是我的私家游泳池，蛙泳、蝶泳、狗刨，一上午就掌握了基本要领，剩下的就是借口摸鱼泥鳅般在水里混日子。老黑叔是我们学习摸鱼的专业导师，用三个字就概括了摸鱼技术：一要轻。身子轻，呼吸轻，手脚轻。二要稳。眼神稳，动作稳，摸到鱼的时候手要更稳，不能到了手的鱼又跑掉。三要忍。忍耐水的冷，忍耐长久没有收获的煎熬，忍耐不能咳嗽放屁，大概鲫鱼闻到怪味刺鼻也会顺水而逃。

李时珍说：“鲫喜偎泥，不食杂物，故能补胃。冬月肉厚子多，

◎ 离小河不远的地方有片芦苇坡，芦苇中有翠鸟，有狡兔三窟的野兔，更有潜伏在芦根里的鲫鱼。不管姿势是否优雅，撅起屁股，一双手在浅浅的水中慢慢挪移，水花一颤，就有一条鲜活的鱼儿甩上岸来。

其味尤美。"我们岂能不知，常常见几个光屁股泥猴儿从水中湿淋淋上岸，黑黑的皮肤在水面上闪光。柳条穿鱼，应该是一幅淡笔勾描的水墨，柳是青的，鱼是黑的，一缕乡野的风中飘着喜悦的浅红，跟着夕阳回家。

摸到的鱼要吃，母亲若嫌麻烦，就去池塘揪一张荷叶，等灶火尚有余烬明灭，以荷叶裹鱼，埋在余烬里，不几时就飘出鲜香来。嗅嗅鼻子，剥开烧焦的荷叶，手撕，蘸盐，其味溢满整个童年。

离小河不远的地方有片芦苇坡，芦苇中有翠鸟，有狡兔三窟的野兔，更有潜伏在芦根里的鲫鱼。不管姿势是否优雅，撅起屁股，一双手在浅浅的水中慢慢挪移，水花一颤，就有一条鲜活的鱼儿甩上岸来。也有手脚冰凉的时候，摸着摸着，摸到一条凉凉的家伙，以为是少见的黄鳝，想着一家人就有了改善伙食的理由，拎出水来，却是一条青花水蛇，在扭动曼妙的腰肢，喊一声娘，双脚跳上岸来，小心脏扑通扑通，需要半个时辰方能魂魄归位。

《摸鱼儿》是一个词牌名，大略写词的辛弃疾当年也是摸鱼的高手，摸着摸着兴起，就在岸边唱起歌来——"更能消几番风雨?"匆匆又去摸鱼儿。元好问不是，寂寞萧鼓中唱："问世间，情为何物？直教人生死相许。"颇有儿女情长之意。我们不懂，我们只是在村前的小河里摸鱼，不敢高声语，恐惊水中鱼。摸着摸着，摸走了童年，摸老了爹娘，一转身，暮色苍凉，坟上青草青几许，徒留一丝感伤。

有关鲫鱼的公案有两个：一是林洪在《山家清供》中记载，鄱江士友请他喝酒，端上一道菜，说叫酒煮菜，结果一看，哪里是菜，分明是用酒煮鲫鱼。赵与时《宾退录》亦记载，说靖州风俗，办丧事期间不能吃肉，只能以鱼为菜，所以又叫鱼菜。杜甫《白小》诗有“细微沾水族，风俗当园蔬”句，可见以鱼做素，在江南地区早已有之。

另外一桩公案：林洪那位朋友也说鲫鱼是粮食变的，用酒煮食对身体大有裨益。再有《埤雅·鲋》所引：“鲫是稷米化之，其鱼腹犹有米色。”看来这种道听途说流传了千年之久。我母亲也说过，鲫鱼是草籽变的，每到阴雨天，草籽落水成鱼，水干时，化风而去。

我并不想就此释疑，试图为在水中潜藏的鲫鱼编一个童话般的归宿，只是在十几岁的时候看到丰子恺的一幅漫画，彻底颠覆了我对自然万物的看法：图中一釜，釜中一鱼，釜下有火，火起，鱼一直保持极力躬身状，直到死。

——那鱼原来是为了保护腹中的鱼子。

桃符，行走在木头里的钟馗

◎**桃木剑**：桃木剑是钟馗的咒语，唵嘛呢叭咪吽，谁懂？我也不懂。大概世间的小鬼才能听懂。人在明处，鬼在暗处，防不胜防，只能寄托于一柄桃木剑。剑挑人间污秽事，棒打骇人骷髅头。人间与鬼界，不会太远，别的寄望不上，不妨交给钟大爷，妖精小鬼一拿一个准。

小时候过年，我比较讨厌炮仗。母亲去赶集，买一挂长的，叫鞭，买一捆各自为政的，才叫炮仗。叫鞭的燃放起来声音有点劈，没那么刺耳；叫炮仗的点一个震耳欲聋，务必用一根长长的烧火棍，点燃后丢下就跑。我抱怨说为什么过年放炮仗，刺耳不说，还吓人。抱怨完依旧隐入茫茫的夜色，去捡拾谁家的哑炮。

母亲说放炮仗是为了吓唬小鬼，过年了，大鬼、小鬼赶着往家跑，希望也能和村庄里的人一起难忘今宵。我提出质疑："我们家什么也没有，一座房屋四个旮旯，小鬼来了图稀个啥呢？"母亲不乐意，扬起巴掌说："大过年的不能老鬼呀鬼的，怕真是招来什么獠牙厉鬼。"然后取一支桃木剑给我挂在脖子上。

桃木剑也叫桃符，老祖母曾经在秋夜的满天星光下给我讲过这个故事。老祖母抿抿嘴，把我揽在怀里，就打开了一个有关鬼蜮的世界。很久以前有座山，山上有一株覆盖三千里的大桃树。说到这里，我哇呀叫出声来，那是不是有很多桃子，随便折下哪一根树枝也能填饱肚子。老祖母看我眼里放光，说就知道嘴馋。接着讲，桃树上有一只金色的大公鸡，每当清晨啼鸣时，夜晚出去游荡的鬼魂必须要赶回鬼域。鬼域的大门坐落在桃树的东北角，门旁站了两个神人，一个叫神荼，一个叫郁垒，若是鬼魂在夜间做了伤天害理的事情，神荼和郁垒就会将他逮捕，用苇芒做成的绳子捆起来，喂老虎。后来呀，人们为了吓退捣蛋的小鬼，就用桃木刻成两位神人的模样，辟邪去灾。再后来图省事，拿一块桃木板刻上神荼、郁垒的名字，也能达到预期的鬼灾防治效果。

我手心里攥着桃木剑沉沉睡去，恍惚中听见老祖母叹了一声——鬼娃子啥时候才能长大。而后，睡梦中传来嘀哩的蟋蟀叫声。

在我的印象中，我好像从来不怕鬼，甚至幻想某一天，能与鬼魂邂逅。大鬼领着小鬼，男鬼带着女鬼，老鬼走在最前头，他们翻越山岗，蹚过村前的小河，在村庄的旁边，另建一座村庄，日子和我们村里的日子一样，就是昼夜颠倒。夜晚，一个村庄熄灭灯火，安睡，另一座村庄醒来，过着平凡而普通的生活，两下互不相扰，井水不犯河水。

但钟馗自有钟馗的一套捉鬼宝典，什么鬼是好鬼，即使在阴间也能与人为善，什么鬼是坏鬼，只因争名逐利化身为鬼，仍然不能改变其贪婪作恶的本性，钟大爷一一登记在案。河南作家冯杰，写了一本书叫《马厩的午夜》，专门记述中原地区的乡村妖怪，其间颇多影射。我能理解，在一个人鬼不分的时代，钟馗亦被蒙蔽了双眼。

桃木制鬼，由来已久。《淮南子·诠言》载："羿死于桃口。"东汉许慎注："口，大杖，以桃木为之，以击杀羿，由是以来鬼畏桃也。"是说后羿因为善射做了万鬼的首领，但还是不能抵挡桃木做成的大棒子，一棒槌就能把他杀死。既然如此，天下所有的鬼魂也便领教了桃木的厉害，每见老祖母给我做成的桃符，必后退三舍。

桃符、钟馗，一个是草木，一个是神灵，无意间竟共同成了村庄的守护者。一起守护乡村的还有我们村的半仙爷。半仙爷早年家在关外，20 世纪 80 年代为了分到一份土地回到村里，住在大队的牛屋里。每逢小儿夜哭，家里的大人就说去喊半仙爷。半仙爷到，摸摸小儿的额头，似乎已经掌握了鬼魂的大致情况，嘴里念念叨叨，拿来一张黄表纸，以手指在纸上戳戳画画，点燃，取其灰烬，叠放进纸包，嘱咐放在小儿枕下。最后，依旧是一支刻制精巧的桃木剑，用红绳拴系，可套在小儿的脖子里，自此可保无虞。

我非有神论者，但也不能不承认半仙爷做下的功德。遑论其他，单是可止小儿夜哭一事就让人百思不得其解。

"千门万户曈曈日，总把新桃换旧符。"钟馗藏身于一块小小的桃木中，大声喝道："小鬼哪里逃！"村庄便又一次走进寂静平和的睡梦之中。

挤磨油儿

◎挤磨油儿：一挤一磨，突出人多；油，多压榨之功方可出油。旧时油坊，常有籽实逃逸，混入泥土，春来萌芽。出局，何尝不是一种幸运？不受惑于当局之谜。原为抱团取暖之意，冬日暖阳，嘻嘻哈哈，一身臭汗，一身黄泥，时，日偏正午，回家吃饭，名来利往，与我何干？

成子个高，大约一米八，且身材壮实，我一站在成子身边顿时矮了下去。成年后第一次见成子，印象里影影绰绰，仿佛是我初一时的同学，后来打问，果然没错。成子来理发店理发，每次都是母亲带着。母亲六十多岁，看上去要比实际年纪显得年轻，这在乡下很是少见。论辈分，成子母亲叫我舅，我不好意思，也只能应承着。成子不说话，理完发从兜里摸出两片硬纸壳，说给钱。我苦笑着接过，且成子说这两片纸壳里包含母亲的理发用资。

挤磨油儿是乡间一种常见的游戏，冬日的屋檐下，下课，雪花在天地间飘飘洒洒，我们唯一可做的就是在教室前一溜儿排开，喊："挤，挤磨油儿，挤出去尿三泡。"课间十分钟，每个人都挤出一身臭汗，每个人乱蓬蓬的头顶上都冒着一股蒸腾的热气。我个子矮小，所以很多时候被从人墙里挤出来，然后灰溜溜排到队伍后面重来。成子个高，所以很多次都被幸福地夹在中间，毫不费力气也能挨到上课铃响。

江南贡院在南京,我2009年去了一次,绕过夫子庙,拐一个弯儿,就能看见曾经让万千学子头疼且又不得不抢破头挤进去的江南贡院。不远处,便是风情万种的秦淮风光带,我不知道这样的设置出自何人之手,学问与风情,文化与脂粉,灯火阑珊中微妙地达到高度契合。也许是吧,十年寒窗,头悬梁,锥刺股,囊萤映雪,谁不想纵身一跃跳过那扇虚无的龙门?

成子的履历简单到让人质疑,后来不知什么原因落下一级,初中、高中,一路来到了高考的时刻。初战不利,成子考了400多分,家里人劝,去上吧,专科也是大学,再不成专升本,说不定也能考进一所像模像样的学校。成子少言语,很多时候都是钻在书堆里研究语文、物理、化学,对学习以外的事情毫无兴趣。成子闷闷地说:“不上,来年再考。”

很遗憾,我是一个没有经历过高考的人。1992年年底,当我花光了村前河堤上的一棵大杨树之后,决意退学。我再不想看见每一次回家时母亲为难的样子,鸡屁股里抠出来的几个钱全被我用在学习用具和各种杂费上。我有自己的小九九,大不了辍学了去当兵,仰仗着对文学的那份痴爱,说不定也能混个人模狗样。而结局是,愿望落空,不得不一个人踏上漫无目的的打工之路。好几年,我做梦梦见在阴郁的教室里考试,感觉还好,大部分试题答完,就是没能等到大红的通知书。醒来,眼角有泪。

天空飘着细雨,我站在江南贡院的考试间,恍若穿越到另一世。号舍窄小,据说在同治年间达到鼎盛,从贡院落成到晚清废除科举为国家输送了八百余名状元，十万进士，上百万举人。每逢大考，来到江南贡院的考生常常达到一两万人，挨挨挤挤，摩肩接踵，一时间，秦淮河暧昧的灯光亮了起来，夜市上来来回回走动着南来北往、成竹在胸的莘莘学子。琴声、水声、妖冶放荡的调笑声，作为不可缺少的调剂加入乡试、会试的洪流。

成子到底没走，留下来做了一个复习生。又一年高考季节很快到来，成子母亲说，考试前几天他就开始说头疼，脑瓜子裂开了一样，双目通红，紧握拳头。再过几日，随着考试日期的临近，成子开始砸物，毫无端由地詈骂，骂鸡鸭鹅狗，骂翻过土墙的风。顾不上高考，家人带着成子去了济宁的一所医院，诊断结果：典型性重度精神分裂症。

从一个层面上来说，无论是当年的科举，还是后来的高考，都与我们小时候玩的挤磨油儿有相同之处：很多人靠在单薄的墙根上，本来只是为了相互取暖，本来只是为了参与人生本该经历的学习，本来只是为了在学习的过程中掌握一门足以谋生的技艺，到后来，却还是有很多人极不情愿地被挤了出来。

蒲松龄也曾很多次徘徊在贡院之外。“一世无缘附骥尾，三生有幸落孙山”是后人写给蒲松龄的一副对联，刻在狐仙园的门柱上。蒲松龄 19 岁应童子试，接连考取县、府、道三个第一，名震一时，补博士弟子员。后来却屡试不第，直到 71 岁时才成岁贡生。而在此期间，他应同邑人宝应知县孙蕙之请，为其做幕宾数年之外，主要在本县西铺村毕际友家做塾师，舌耕笔耘近四十二年，直至 1709 年方撤帐归家，创作出著名的文言短篇小说集《聊斋志异》。

我也是被挤磨油儿挤出来的那个人，多年的遗憾、失落已被时间的冲刷抹平。路总是要走下去的，当身材高大的成子孩子般缠着母亲走出店门的那一刻，我心底翻起一股酸楚。或许下次再来，成子还会递上两片硬纸壳。我知道，他已陷在另一个混沌的世界，再不会醒来。

·骑一头蟋蟀锦衣夜行

◎斗蟋蟀：蟋蟀相斗，原为人作孽，此君视力极差，鸡毛拨弄之，以为对方挑衅，遂起而攻之，岂知为他人所挑拨离间。世人皆眼明，而心不一定亮堂，极尽挑拨之能事。蟋蟀有知，故借贾似道之手，倾覆江山；故借蒲松龄之笔，诉尽人世悲情。而人知乎？耳听秋虫唧唧，眼前皆是黄白之货——货通祸，玩物丧己也。

蟋蟀是卑微的歌者，你很难在钢筋水泥的丛林听见蟋蟀的歌唱；城市是傲娇者的天堂，只有在乡村，蟋蟀才肯抽出纤细的弓弦。背景是空旷的田野，清澈的月光是上帝设置的灯光，树叶是幕后的天使在合唱，拉开夜之帷幕，熟悉的乡村小夜曲开始奏响。

我太熟悉这样轻柔的旋律，谷物的香甜在村庄里弥漫，婴孩在睡梦中露出天真的笑容，一只狗尚未因为白昼的追逐而疲倦，深深陷入这美妙的旋律。也许，这样的夜色只有一次，即便只有一次也因为秋虫的歌唱而缱绻；也许，这样的场景已经持续了千年，只是我们在今日的月光下才静下心来，听蟋蟀弹奏月光的琴弦。

“促织鸣，懒妇惊”，说的是一种乡村状态，如果到了蟋蟀歌唱的时节，一个村庄里的妇人还未给丈夫和孩子预备御寒的衣物，那么她会羞愧，会心生慌乱，会赶紧趁着明亮的月光，纺纱织布，缝补衣物。这是民谚的一种暖，以虫为名，提醒季节的变迁。周作人的

《知堂随笔》说的也是这个意思:“因了秋虫的鸣声引起来的感想,第一就是秋天来了,仿佛是一种警告。蟋蟀虽是斗虫,可是它独自深夜微吟时实在很有点悲哀,所以对于听的人多发生类似的感觉。”

我亦有这样的感觉。每逢入秋,就觉得时间一下子短了少了起来,白日里尚未做多少事情,夕阳就挂在了树梢。接下来是冷风吹,接下来是秋雨绵绵,接下来是雪花飘,好像一年的时光就这么恍惚一下过完,让人不免悲叹。

《聊斋志异》中的促织,说的是人世寒凉,起因来自一个叫贾似道的家伙。宋理宗时,丞相贾似道十分喜爱斗蟋蟀,故将其位于杭州西湖葛岭的住所命名为“斗闲堂”,并根据他对蟋蟀的了解,撰写了《促织经》。不得不说这是一个旷古未闻的发明,一个丞相不研究如何治理国家,处理内忧外患,却以虫之名进行了另外一个行业的探索,到最后只换来“朝中无宰相,湖上有平章”的嘲讽。

接着说促织。为满足宫中斗蟋蟀之乐而“岁征民间”的任务摊派到了一个叫成名的人身上。成名不过是一个被里胥陷害的里正,面对征促织的重任,既不敢敛户口,又无所赔偿,形势所逼,只能自行捕捉。无所得,只有“转侧床头,惟思自尽”。作家毕飞宇在南京大学的一次小说课上说:“《促织》是一部伟大的史诗,作者所呈现出来的艺术才华足以和写《离骚》的屈原、写‘三吏’的杜甫、写《红楼梦》的曹雪芹相比肩。我愿意发誓,我这样说是冷静而克制的。”这不是没有来由,《促织》一文按事物发展的自然顺序记叙,情节曲折多变,故事完整。

故事的第四部分(第 5 至第 7 段)发展到了高潮:成名得虫,却因儿子的一时疏忽丢失虫子,然后再得异虫。此时的成子已停止呼吸化身为虫:“忽闻门外虫鸣,惊起觇视,虫宛然尚在。喜而捕之,一鸣辄跃去,行且速。覆之以掌,虚若无物;手裁举,则又超忽而跃。急趋之,折过墙隅,迷其所在。徘徊四顾,见虫伏壁上。审谛之,短小,黑赤色,顿非前物。”

我小时就喜欢蟋蟀的歌唱,坐在门前的石墩上,听缥缈的夜色中传来轻柔的鸣唱,小心翼翼走到叫声所在的地方,叫声却忽而在别处响起;再次走近,却又在另一个地方逍遥起来。由此,我断定蟋蟀是用灵魂在歌唱,小小的身体能发出一种飘忽的声音,游走在乡村的夜色里。到底是没亲眼见过斗蟋蟀,我也不愿看见同类厮杀的场景。不知何时起人们喜欢上了斗鸡、斗牛、斗羊、斗蟋蟀,如此的发明不胜枚举。但大多数都是源自旧时的宫廷,《开元天宝遗事》载:“每至秋时,宫中妃妾辈,皆以小金笼捉蟋蟀,闭于笼中,置之枕函畔,夜听其声。”

“8 月 28 日消息,每年 7 月中旬至 8 月底,来自全国各地的蟋蟀爱好者汇集在泰安泗店镇收购蟋蟀,木工、壮工、泥瓦工甚至周边的上班族,都会抽出专门的时间到田间地头抓蟋蟀,外出务工的泗店人也会暂时丢下工作回乡抓蟋蟀。村民介绍说常年抓蟋蟀的抓上一个月下来收入至少在一万五以上。”这是一则如假包换的信息,当抓蟋蟀成为一种产业,被忽略的却是其巨大的乡村背景。接下来我又在百度输入“斗蟋蟀赌博”,类似“上海破获斗蟋蟀赌博,单场输赢高达五万元”“男子因斗蟋蟀赌博被赌友捅死”的条文两万多条。

《促织》一文以成名入宫献促织得厚赏成巨富、成子复苏后子言身化促织而结束，得到了喜剧形式的大圆满结局，而我却很久不能从曲折离奇的情节中走出来。

我所看见的蟋蟀，抛却被当作玩物的身份，应该是天籁中的音符之一，流淌的月光下，从《诗经·蟋蟀》中弹跳而出，落在安静的书桌上。“蟋蟀在堂，岁聿其莫。今我不乐，日月其除。无已大康，职思其居。好乐无荒，良士瞿瞿。”在苦行与享乐之间应该还有一条道路，就是要有作为人的起码的忧患意识。

那么，我情愿骑一头蟋蟀锦衣夜行，走过多情的人间。

固执的稻草人

◎**稻草人：** 此君身份、来历不明，曾充当《草船借箭》中的傀儡，幸亏不是肉身，要不就成了刺猬。吾村稻草人夏秋之交上岗，专门用来吓唬过往鸟雀。做一只鸟也不容易，明枪易躲暗箭难防，哪能有人的心智，看懂稻草人的狐假虎威。好歹，过了许多年，村庄还在，鸟儿还在，只是添了几分悲鸣。

我们村种谷子，巴掌大的一块地。谷子是细粮，但产量确实太低，谷雨到，田野里的麦子都老老实实住进囤囤里，这时麦场闲了起来。母亲说，去翻麦场地，于是扛着抓钩扬镐开始翻地，邦邦硬，一下划了一道白印儿，两下三下才翻起土坯大的一块泥土。

总算翻好了老场，把谷种摇进地里，剩下的日子，间苗除草是不可或缺的工作，此后就等着小米粥的浓香。小米营养高，所以到今天谁家添了新丁，仍然要送几斤小米，锣鼓爆竹响，新生的婴儿嫩红着小嘴，在吮吸小米酿制的乳汁，一茬茬，一代代，使村庄瓜瓞延绵。

谷子将要成熟的季节，月光如水，在如水的月光中一只田鼠抱紧双臂站在低矮的梧桐树枝上。田鼠也是大地的精灵，只要有泥土的地方就有深潜在地下的家园。它在张望，一块巴掌大的谷子地在田鼠眼里，无疑是一片谷物的海洋。母鼠产子，公鼠负责出门寻找粮食，这和村庄里的生活秩序基本一样。还有麻雀，乡间的麻雀往往成群出现，像游弋在天空的沙丁鱼，像一团乌黑的云，瞬间即至。

是该稻草人出现的时刻了，一个站在风中的稻草人需要耗费四爷一个中午的时间。衣是四奶穿旧的土布衫，衣角缠上细碎的花布条；裤子是四爷当年从关外带回来的老棉裤，大裤腰一扎，精神抖擞；帽是捡来的一顶破毡帽，帽檐缺了半边，刚好开阔了稻草人的视野。

一个稻草人的出现对田野里的精灵们来说，不亚于强敌出现。田鼠从低矮的梧桐树枝上掉下来，一群踌躇满志的麻雀紧急刹车，调转方向，仿佛对面的稻草人随时可以射出手中虚无的箭矢。

四爷说稻草人的祖爷爷是《草船借箭》里的草人。一场计谋大于实力的战斗结束，有渔翁在江边用划钩捕鱼。钩绳摇动，水面上的浮子急急如律令，拉上岸却是一个浑身插满狼牙箭的稻草人，头戴铁盔，身穿皮甲，形似真人。于是带回家安放在自家的农田里，到了庄稼成熟的季节，竟然有效抵制了田鼠与鸟雀的侵犯。

我能想象田鼠一家人的悲伤，谷物的清香顺着月光漫流在田野的每个角落，风吹稻草人的衣袖，头顶的破毡帽无日无夜在风中打着呼哨。前进，怕是人们预设的陷阱；退后，是嗷嗷待哺的鼠儿鼠女。机警的麻雀在试探几次后，看出稻草人的固执，于是转向一旁的高粱地，艰难地咽下一粒高粱，意难平。

我看《哈尔的移动城堡》，18 岁的苏菲被荒野女巫变成了 90 岁的老太太，离家出走，在空旷的荒野上遇见一位神秘的稻草人，头顶带着芜菁,单腿跷脚,永远面带笑容。在稻草人的引领下,苏菲住进了神秘的移动城堡,由此上演了一出正义打败邪恶的好戏。这是升级版的稻草人,被宫崎骏注以人性的无奈与善良。故事结束,苏菲从卡西法那里要回哈尔的心脏,同时解除了自己身上的魔咒,名字叫菜头的稻草人卡普,也在苏菲的亲吻下摆脱了诅咒——原来是一位风度翩翩的邻国王子。

稻草人还有另外一层意思,代指现实生活中的老实人,尽管平凡,却又值得尊敬,值得敬仰。四爷种了一辈子庄稼,春来耕耘播种,夏日顶着酷热的太阳在田间除草,冬日背着粪箕子在村里村外转悠,拾粪,所以四爷家门前永远有一堆村里最高的粪堆,四爷家的庄稼在村里也产量最高。

我写过一篇短文《稻草人的信仰》:“我在去年的秋天回家,种了一辈子地的四爷忽然死去。有人说就倒在四爷亲手扎制的稻草人旁边,表情从容,神色安详。我去了老河滩,很远就看见四爷扎的稻草人,穿着通红的衣衫。一片谷子地,沉甸甸的穗头压弯了腰,像在痛苦地回忆一些往事,四周很静,素常总是聒噪的麻雀,此时在小树林里静默不语。稻草人——四爷,或者不单单是四爷的其他人很敬畏的神,尽管沉默了好久,就这样昂首挺胸地站在庄稼地里。”

这是有关信仰的话题,也许和稻草人有关,也许没有一毛钱关系。母亲在收获后的田野上遗落一些谷穗,转身也是田鼠与鸟雀的秋天。

天空是鸟儿的自由

◎ **捉鸟**：乡间小儿顽劣，常如猿猴上树，鸟蛋、雏鸟，悉数收入囊中。鸟爸鸟妈急眼，啄之叨之，见有成人者，头顶指甲盖大小无毛，必为幼年鸟复仇之留痕。吾胆小，只于林间倾听鸟鸣，或清脆，或高亢，或婉转入云，皆有自然灵气。今鸟不可乱捉，国家保护动物，可罚十年牢狱之灾。

我引以为豪的特殊技能就是爬树——朝手心吐几口唾沫，搓一搓，再紧紧裤腰带，怕在爬树的过程中春光乍泄。那时候，我经常做一种飞翔的梦，身上长出一双翅膀，在云朵中穿行，前面后面左边右边，是密密匝匝的云层，下面是越来越小的村庄，将要飞向哪里，并不知道，小腹一紧就得赶紧收起翅膀，要不，准会尿床。

鸟把巢穴织在树上，有一种空旷之美。清晨，我去上学，脚下无聊地踢着一枚石子。对面的杨庄，村前有几株钻天的大树，树长了很多年，大概就有了某种灵性，鸟儿把巢构筑在大树上，彼此遥望，就像住得相近的邻居。风吹树响，喜鹊喳喳的叫声清脆嘹亮，好像真的有什么喜事发生。

时间一晃，过了三十年，杨庄的大树只剩下最后一株，由于年深日久，杨树的枝条垂下来，快要接近地面。大树的附近，不知何时起垒起一座缩小版的类似庙宇的小屋，逢年过节，常有人在树下

烧香拜佛。这树卖了很久，没人敢要，最后一个壮如黑塔的汉子来了，一跺脚：“日他娘的，没人敢要我要，刨！”油锯在树下刺啦刺啦响，鸟巢中的喜鹊应声飞起，在空中盘旋。还有人说，那阵子天上忽然就过来一片云，罩在大树上空再没移动。最后一株大树应声而倒，黑塔汉子却遍寻不见。后来被人在一片浓密的枝叶间找到，喜鹊的巢穴覆盖在黑塔汉子的头顶，并无血迹，汉子却停止了呼吸。

我家有一个竹编的鸟笼，小巧精致，不知道什么来历，被我奉为至宝。终于有一天捉了一只麻雀，放进鸟笼里。可以说我对麻雀比对自己都上心，上学前放进清水、馒头屑，放学后从田里捉来虫子。我以为它会理解我的良苦用心，甚至期盼它有一天能引来另一只麻雀，做恩爱夫妻，孕育出一窝麻雀宝宝。不知是意难平，还是其他什么原因，这只麻雀还是选择了绝食而死，让我很是伤心了许久。

终于有一天，我知道了什么叫真正的自由：水是鱼的自由，大地是风的自由，那么也只有天空才是鸟儿的自由。时间是我的自由，奔波多年，我还是回到小小的村庄，还是回到这片生我养我的土地，春可耕，秋可收，冬天可以走出家门看漫天飞舞的雪，落在田野，落在屋顶，落在时间根深叶茂的枝丫上。

那是我见到的最多的喜鹊，十几株大树上都有一个黑黑的巢穴，每一个鸟巢中都有一对情深意长的喜鹊夫妻。朝阳升起，霞光穿透枝叶，一个鸟巢就像一座小小的宫殿。这边一只在引吭高歌，那边一只在应声而和。喜鹊母亲出去寻找食物，喜鹊儿女就在巢穴中巴巴地守望。在几丈高的天空，没有敌人会来打扰，风雨来时，大鸟的翅膀覆盖在小鸟的身上，想想就让人觉得亲恩浩荡。

老祖母在说起喜鹊时，常常会说起牛郎织女。天河那么远，路途那么长，牛郎挑着一对可爱的儿女上路，不知要经过多少风风雨雨，才能与天上的织女七夕相逢。喜鹊知道了这件事儿——老祖母说到这里的时候用衣襟拭了拭眼角，竟然露出了笑容，说铺天盖地的喜鹊啊，衔来一根根树枝，搭成桥，儿女从竹筐里跳出来，牛郎丢下肩上的担子，一家人在鹊桥上飞奔、拥抱，相视而泣。

《朝野佥载》卷四有这样一个故事，叫“鹊噪狱楼”。说南朝有一个叫黎景逸的人在空青山居住，处所的旁边有一棵树，树上有一只喜鹊巢，黎景逸每天用饭食喂养喜鹊。有一天邻居家丢了东西，诬陷是黎景逸偷的，于是他被投进了监狱。在即将被传讯的时刻，他家旁边的那只喜鹊“止于狱楼，向景逸欢喜，似传语之状”。当天就传来黎景逸要被释放的消息。“官司诘其来，云路逢玄衣素衿所说。”这是一个典型的报恩故事，其中的玄衣素衿者想必也是一只喜鹊的化身，鸟与人，人与自然，在一段传奇中有了精神气度上的最高契合。

母亲在时，有一天从秋后的田野上带回来一只鹰，看样子是吃了拌药的种子。鹰眼无神，只是在接近它时尚有一丝本能的警惕，无奈浑身无力，耷拉着翅膀。母亲用给鸡做手术的土办法，把鹰的嗉囊切开，取出有毒的麦种。清洗，缝合。我在旁边看得心惊胆战，却原来母亲心中一直葆有母性的悲悯与良善，只是不轻易示人。那只鹰在我家待了二十几天光景，被母亲在一个清晨放飞。

每当看到鸟儿迁徙途中，层层叠叠的网，潜伏在草丛中的枪口，饕餮者贪欲的眼神，我的心会止不住地疼痛。这原本是一个草木共生的世界，不知从何时起，舌尖上的贪欲覆盖了人心的柔软，污浊的河水，雾霾的天空，充满陷阱的大地，让鸟儿的生存举步维艰。

或许，再不会有玄衣素衿者来向我们通报喜讯——看看吧，这布满疮痍的天空大地。

山坡羊

◎**放羊**：牧羊者自牧。鲁西南青山羊为本地特产，家家有羊可放。我放羊一心二用，专心在小河摸鱼，农人惜物，庄稼地里下药，死了一只青山羊，大骇，怕挨揍不敢回家，猫在一片野地里。暮色向晚，母亲喊我乳名，返，竟无责怨。由此自牧成长，常忆山坡羊。

羊是青山羊，还有一个大号，叫鲁西南青山羊，加了特殊标志所以更显得物以稀为贵。我们家一直养羊，少的时候几只，多的时候十几只，公羊领着母羊，母羊带着小羊，在老河滩上吃草、散步，对着弯弯的小河照镜子。我也照，长长的头发，满是污泥的小脸，过来一群好奇的鱼儿，打破了水中的童年。

放羊是一个比较简单的活儿，之所以加入游戏之中，完全是出于我个人的偏好。游戏多种，博弈，自得其乐，于百无聊赖中度过散淡的光阴。放羊不算，起码帮家里做了一点力所能及的活儿，所以显得有点高大上。

高庄演电影，那时候已经渐近黄昏，高庄的高二毛在大队部的电线杆子上一说话，就变成了女人声音，尖细，袅袅娜娜传到老河滩上。我们支棱起耳朵听，羊也支棱起耳朵，只不过羊不一定能听懂。“村民们注意了，今晚高庄放电影，《少林寺》，锄地的赶紧放

◎ 我们家一直养羊，少的时候几只，多的时候十几只，公羊领着母羊，母羊带着小羊，在老河滩上吃草、散步，对着弯弯的小河照镜子。我也照，长长的头发，满是污泥的小脸，过来一群好奇的鱼儿，打破了水中的童年。

下锄头，吃饭的赶紧放下碗，都来大队部看电影。”“废话，简直是放屁。”说话的是宋大牛，高二毛是宋大牛的姐夫，彼时宋大牛正在和我一起在老河滩放羊，赶紧拔了羊橛子，在后面轰着赶着回家。

我看《少林寺》，记忆最深的除了李连杰那个在老河滩上练了一百遍也没学会的经典动作，就是郑绪岚唱的《牧羊曲》。“日出嵩山坳，晨钟惊飞鸟，林间小溪水潺潺，坡上青青草。”我想那是我这辈子听过的最好听的声音，人在山坡上放声歌唱，羊在山野静静吃草，水在潺潺流动。我甚至暗暗下定决心，以后有机会了就去嵩山放羊，看能否也遇见一位牧羊姑娘。

我们村的羊就没有那样的命运了，因为珍贵，天天在老河滩上吃草，饮小河里的水长大，肉质自有神奇之处。资料上说：青山羊是世界上著名的良种羊之一，繁殖力高，尤其是羔羊皮，俗称青猾子皮，可做高档皮衣，驰名中外。我小时候跟父亲走亲戚，镇北李庄是制作猾子皮的土基地，一张张青色的羔羊皮在风中飘荡，像青山羊尚未走远的灵魂。

我不是铁杆的动物保护主义者，但心理上会拒绝一切以动物皮肉换取的华贵与美味。要知道，羊也知道疼，非洲大草原上的牛也会为了保护小牛与群狮以命相拼。但接下来，我要描述的羊肉汤，就出现了与此观点上的相悖。

单县羊肉汤，是一个因为青山羊而声传四方的特色美食。据描述，“色白似奶，水脂交融，质地纯净，鲜而不膻，香而不腻，烂而不黏”。我看有些言过其实。二十几年前，跟随二哥去单县，县城西关的老羊汤馆尚在，一碗汤，一张饼，我以为不是人间美味，大概也会感动一生。后来吃完擦擦嘴，完全不是概念中的感觉，倒是有关“三义春”堂号的来历，让我产生了好奇。前些日子跟随一个参观团去单县博物馆，有一间蜡像展厅，详细说明了“三义春羊汤”的来历：最早创立于1807年，当时由徐、窦、周三家联手创建，故取名为三义春。

我们村喝羊汤，与单县羊汤有所区别，取羊油，辣椒另煮，剁碎，滗出红油。羊汤入八角、桂皮、香叶、花椒、丁香、陈皮、白芷、草果一干作料煮好，最后入姜、葱段，形成老汤。每次喝羊汤取老汤等份添水，入地瓜粉条、大白菜，才是真正的鲜而不膻，香而不腻，烂而不粘，且红油飘荡，入口微辣，能吃出一头汗来。

本地羊汤有一个秘而不宣的制汤秘方，说是即便羊汤馆开到北京城，也要用这里的水，方能煮出真味。我不知道这种说法的真假，但煮羊汤确实不能选用深井之水，否则会汤色浑浊、如墨，一看就让人失去食欲。

我家已经多年不曾养羊，自从母亲走后，我也很少回家，但我知道老河滩上一直放牧着羊群。青的山羊，白的山羊，高腿的小尾寒羊，品种繁多。

张养浩的《山坡羊·潼关怀古》：“峰峦如聚，波涛如怒，山河表里潼关路。望西都，意踌躇，伤心秦汉经行处，宫阙万间都做了土。兴，百姓苦；亡，百姓苦。”说的是一个王朝的没落，而我呢，会不会在多年之后再也看不到青草繁茂的村庄，和老河滩上静静吃草的羊群？

· 蜗牛也有自己的家

◎ **玩蜗牛**：『从前的日色变得慢，车、马、邮件都慢。一生只够爱一个人。』背负小房子的蜗牛也慢，从清晨到黄昏，缓慢刻画只属于自己的人生轨迹。《极速蜗牛》是一个特例，在于异想天开，在于勇敢站在时间的浪尖之上，一不小心成就了一段传奇。『断墙着雨蜗成字，老屋无僧燕作家。』足迹斑驳成篆，残垣之上盛开一个人的寂寞之花。

村庄在时间里缓慢行走，时间是一条浩荡的长河，从来不为某一座小小的村落停留。村庄里的人讷言而真诚，清晨撩开薄薄的雾色行走在田野上：这里是菜地，辣椒、茄子、黄瓜，枝叶舒展，结出青嫩的果实；那边是庄稼，大豆、红薯、玉米，无论匍匐还是迎风站立，时间的指针都指向丰硕的秋天。我熟悉这样的场景，整个村庄就像一个巨大的蜗壳贴服在大地上，生是一条触角，死是一条触角，在感知生死的过程中，村庄走过了千百年，始终不曾改变。

我家的老屋更像一只蜗壳，嶙峋的土墙，斑驳的老瓦，由于年久失修屋瓦上长出一蓬蓬瓦松，就像一只在山野漫步的老迈的蜗牛，苍黄色的地衣或苔藓覆盖了蜗壳的每一寸空间。在家里，父亲是一条触角，母亲是一条触角，父亲感知我们骨骼的韧度，母亲则更多地关心我们的冷暖。后来，父亲偏瘫，属于他的那条触角几乎失去了感知事物的能力，只有母亲一个人，里里外外，拖着巨大的蜗壳在乡下行走。

与蜗牛相伴是一件快乐的事情。我把割草的镰刀与土篮撂在一边，就挽起裤管下到河道里。小河里的水清澈，流水在抚过蜗牛的躯壳时并未遇到太大的阻力，一步、一步，一只蜗牛带着强大的信念在水底行走，攀附在水草上，躲藏在树荫下，很多个家族成员聚集在一起，商量迁徙的事情。

我见过蜗牛迁徙的巨大场景，河水呈暗黑色，一只、两只……无数只蜗牛从水中上岸，不怕躯壳的沉重，漫过河滩，翻过高高的河堤，抵达生长茂盛的庄稼地。啮噬叶子的声音，推开麦茬的声音，拥挤在一起的声音，草木呻吟的声音，在母亲面前汇成一条让人惊恐的洪流。蜗牛也能带来巨大的灾害，尽管后来我们下药、扑打，还是没能保住那年的收成，直到秋天，大地上到处是蜗牛空荡荡的躯壳。

毕竟这样的时候还是少的，现在我把几只蜗牛从水中捞出，请到一面光滑的青石板上，看蜗牛比赛。青壳圆球形状的叫小青，金色螺旋状的叫小金，螺丝状的叫小螺，风细细地说，水悄悄地流，我把割草的任务忘到九霄云外，等到日上中天，这才慌慌张张拎起土篮割了一把草塞进去，溜回家说早已经让牛吃了。

蜗牛喜欢在阴暗潮湿的环境中生活，昼伏夜出，这有点像我现在的生活。文学之于我，是年少时的幻梦，家贫无资，只好从学校卷铺盖回家，以最小的成本换取最大的利益，仍然是我对文学最初的看法，一支笔，一张纸，如果能变成柴米油盐，那是一件多好的事情。事实证明，我的想法有多么幼稚，在接下来的许多年，窑工、装卸工、渔民、汽车修理工、推销员，成了我走马灯般转换的名称。我没能在缪斯女神的关照下成长，反而成了一名地道的剃头匠。

《极速蜗牛》是梦工厂动画公司制作的一部动画电影，影片讲述了一只菜园蜗牛特伯的离奇经历。在平淡无奇的菜园之家，一群普普通通的蜗牛在这里过着普普通通的日子，慢吞吞地行走，朝九晚五出来工作、用餐、谈心，小心翼翼躲避着人类和乌鸦的袭击，享受着天地的赐予。但在这群小家伙中间出现了一只叫特伯的蜗牛，异想天开，梦想能够体验方程式赛车所带来的无上快感。

我忘记了真正开始写作始于哪一天，很长一段时间以来，我把阅读当成了快乐，把写作当成了每日必修的功课。我想写，写寂静的村庄，写那些老旧的事物，写村子里缓慢行走的人，写大地上的野草与庄稼，只有在那个时候，沿着虚无的线条，我才找到了通向记忆的线索。一次次回溯，回到童年，回到生生死死的村庄，回到母亲的怀抱。我想我是痴了，相反，时间所带走的并未模糊，而是一次次浮出水面，等待我去打捞。

童年时蜗牛走过的痕迹未干，我在心无旁骛观看一场蜗牛比赛时时间稍作停留。一步、一步，或者是小青，或者是小金，或者是那只叫小螺的蜗牛，每只蜗牛都有快人一步的可能，只是有的在看天，有的在听风，从而忽略了同伴的追赶。

为了让自己能快一点，电影里那只叫特伯的蜗牛每天都在练习跑步，即便收效甚微。有一天，特伯来到了高速公路上，看着来来往往的车辆入了迷。特伯不顾危险，爬到了一辆跑车的引擎盖上，体验着速度带来的刺激。意外发生，特伯被吸进了涡轮发动机，浸泡在了燃料中。这种燃料让特伯的壳子产生变异，从此，它获得了了不起的高速。

这是一个彻头彻尾的童话，一只蜗牛怎么可能参与到极速比赛的过程当中？但梦想的解释不同，如果不是特伯每天的努力，如果不是天性中的好奇获得了有如神助之力，梦想就不可能变成现实。同样，文学也是一个缓慢的过程，一个人不可能在没有储备的情况下写出满意的作品。几年来，我把深夜当作苏醒的时刻，一千字，一万字，十万字，百万字，积沙成丘。我不知道自己能走多远，更有过沮丧与茫然：那么多大师的巅峰，一座挨着一座；那么多经典的河流，一条紧连着一条，也只好低下头来，像一只缓慢行走的蜗牛，向着未知的远方。

宋代陈师道写过一首叫《春怀示邻里》的诗："断墙着雨蜗成字，老屋无僧燕作家。剩欲出门追语笑，却嫌归鬓著尘沙。"大意是说淋了雨的断墙残垣上蜗牛留下篆字一样的印痕，无人居住的老房子只剩下燕子的巢，世路艰辛，想要出门混入浩渺红尘的欢声笑语，却嫌归来时惹一身喧嚣的尘沙。

村庄在不远的地方静泊，我经常会因为几亩闲田返回老家耕耘稼穑。父亲走了，母亲走了，空荡荡的院子里只剩下一堵残墙。梅雨应声而至，在接下来长长的时光里，那些缓慢的蜗牛会时常蜗行成字。我呢，也会在每个寂静的深夜书写岁月的断简残篇。没有理由，蜗牛也有自己的家。

萤火虫启蒙了夜色

◎**萤火虫：** 萤火虫是一个意象，恰若精灵，游荡在大地之上。囊萤映雪，出身于贫寒之家的孩子大多勤奋好学，以一粒萤火的微光照亮前程。『昭和二十年九月二十一日晚，我死了。』死了的清太再也不用每天担惊受怕，躲避炮火硝烟。母亲在天堂，妹妹在天堂，萤火虫也在天堂。因为滥砍滥伐，农药、化学制剂的使用，让这个有洁癖的精灵愤而还乡。那么我们的乡呢，何时才能重返灵山秀水，与一粒萤火安然同眠？

不是为了省下油钱，乌漆麻黑的土屋里，煤油灯的火苗比豆子能大那么一点点，用针尖拨亮，瞬间就萎了下去。娘喊我睡觉，读不完的书明天再读，写不完的作业明天再写，我不听，我怎么可以不读书写字呢——从小到大，我实在没什么别的爱好。点灯熬油的结局是，不是靠得太近燎了头发眉毛，就是第二天醒来擤出来的鼻涕浓如墨水。

就去捉萤火虫。就异想天开想用萤火虫的微光照亮前程。这得益于教化之功。晋朝车胤，也是农家孩子，那时尚且没有发现石油，所以更没有煤油灯，悲催的是越是艰苦的条件下这些傻孩子偏偏越喜欢读书。囊萤映雪，这个成语听起来无比美好，用口袋装上萤火虫，在寒冷的雪地里识字读书。其实不然，古代的书简还好，字体较大，稍微有一点光亮就能诵读："银烛秋光冷画屏，轻罗小扇扑流萤"，"月黑见渔灯，孤光一点萤"。

到了我这里，却完全不能适用。门前有条河，离我们村的小桥不远处有一处芦苇荡，夏日傍晚，芦苇摇曳，人坐在河岸上，点点萤火就开始点亮，天上有多少星星，芦苇荡里就有多少闪闪发光的萤火虫。起先，是三两只，刷地一下亮了，蓝色的萤火飞动，像时光黑洞里划过的流星；接着，是几十上百只，有的静，有的动，近似于流动的音符和错落有致的字符。我有的是耐心，等待成千上万只萤火虫在芦苇荡起舞、飞翔，用光的语言倾诉爱情。

萤火点亮了芦苇荡，萤火点亮了老河滩，流动的萤火的微光点亮了乡野与大地，但从未点亮我读书的灯光。那些被我装进玻璃瓶的萤火虫，静止、蠕动，尾尖上的小灯笼努力散发光芒，也没能满足我童年的需要，哪怕读下一行流水的文字。

萤火虫的美，在于瞬间，在于忧伤。瞬间是短暂的，而忧伤是永远不可填充的留白。我能深深理解小生命的忧伤与命运。蚂蚁在一片叶子下筑巢，回家的道路弯弯曲曲，只是一场雨，就能颠覆它们的快乐城堡。蝴蝶在林间飞舞，从这片丛林到那片丛林，或许只差几秒钟就能遇见心爱的姑娘，一阵肆虐的风折断翅膀，爱情就此夭折。萤火虫的寿命只有3—7天，雌性停在叶子上发出讯号，雄性闻到爱的气息匆匆赶来，闪烁的灯光在消耗生命，即使这样，也只能维持2—3个小时。

“昭和二十年九月二十一日晚，我死了。”一句平静的讲述打开了通向《萤火虫之墓》的道路。这是一部由吉卜力工作室制作的动画电影，描述了“二战”中受害的孤儿们的故事。空袭开始了，清太和节子的妈妈在轰炸中死亡。14岁的少年，只能将母亲去世的消息隐藏起来，在空旷的操场上强装欢笑为哭泣的妹妹表演单杠。

萤火虫是大自然的精灵，有关精灵的起源来自日耳曼神话。大神奥丁杀死巨人伊米尔之后，精灵从巨人尸体上诞生，并吸收巨人的精华，成为有灵性的生物。精灵们通体发光，居住在森林深处，茂盛的水草附近，他们性情温良，能和花草树木、飞鸟游鱼彼此沟通。

这些孱弱的精灵们，在少年和妹妹居住的山洞里飞来飞去，黑暗、恐惧、战争、遗弃，每一种定义他们都不太懂，但每一种都在经历。妈妈死了，父亲在战场上生死未卜，只有小小的兄妹两人在这个薄凉的世界上生死相依。或许，节子早就从哥哥忧伤的眼神里读出了死亡与坟墓的含义，手捧一粒粒小小的萤火虫的尸体，滑落、混入潮湿的泥土，变成尘埃。节子说："为什么人一难受就会死呢?"好像那漫天飞舞的萤火虫，到处都是妈妈的身影。

早年的乡村，夜色浓密，星光在夜空熠熠，闪烁关照人世的微光。河流清澈，也只有清澈的河流旁边才是萤火虫的栖息地。他们是一群有着精神与生理洁癖的生灵，他们生活在水泽附近，草木的隐蔽处，有足够的湿度才有生命的润泽。夜色降临，村庄在不远处安眠，点点萤火仿佛陪伴村庄的灵魂在芦苇荡飞升、舞蹈。不需要太过烦琐，一座村庄的流传只需谷物和梦相伴就好。

梦破了，战争摧毁了家园，也带走了血脉相依的亲人，少年清太穷尽方法也未能挽留住妹妹幼小的生命。他哭泣，他绝望，他在千呼万唤之后将妹妹小小的身体放进棺材里，点燃一把虚幻的火光。都过去了，海洋、天空与大地，失望、忧伤与萤火虫点燃的微光。火焰升腾，在升腾的火焰里，每个善良的灵魂都会奔赴天堂。天堂里有没有战争与杀戮？天堂里有没有飞来飞去的萤火虫？

不知道什么时候，离小桥不远的芦苇荡消失了，宽阔的河面只剩下窄窄的一条，纤瘦，水流中泛着白色的泡沫，偶有青蛙或游鱼努力把头伸出水面，在支撑所剩无多的生命。不知从何时起，大地上的很多河流都改变了模样，泛黑的河水散发着异味，再也不能养育那些水生的精灵。这是无情无耻的篡改，不但改变了人类生活的航道，也改变了万千生物的命运。

每一个消失的物种都是一个对人间绝望的精灵。他们在暗夜中哭泣着归返，他们厌恶了世间的明争暗夺，丑陋与贪婪。

只有在梦里，我才能回到故乡的芦苇荡。夜风吹来，芦苇沙沙，静的、动的，万千只萤火虫在芦苇荡中闪烁纯真的光芒。是谁启蒙了夜色，才会让我在今夜捉起一只忧伤的笔，写下童年的欢歌？默默，有泪，泪光中的萤火虫只是一闪，就消失在记忆的老河滩。

·手影者

◎**手影：**手有十指，十指连心。昏黄的灯光下，母亲的手在土墙上变成一只可爱的小兔，是为了哄我入梦。从另外一个层面看，手与脚没有什么不同，脚行走于延宕大地，手行走于时间洪荒，有机巧者自以为能逃出五指山，一泡尿暴露了行踪。可见一手也能遮天。人是实的，影是虚的，恰若生活与艺术，虚虚实实，互为补充，勾连现实与梦境。

土屋里灯光昏暗，透过木格窗棂只看见几粒在夜空闪烁的星星，我百无聊赖地躺在床上。很多时候，乡村的夜晚都是如此。炊烟被风吹散，一缕风拉上暮色，在归巢倦鸟疲惫的叫声里，劳作一天的农人陷入浓稠的梦境。母亲没有，母亲搬了一架纺车放在厅前，嘤嘤的声音和着蟋蟀的低语在夜色中起伏。

我太熟悉这样的情境，一个简陋的家庭日子也过得波澜不惊。或许是累了，或许是看见我百无聊赖在床上折腾，母亲放下手中的棉，和衣而卧。灯光在土屋里闪闪烁烁，昏黄；从墙角、屋檐下传来老鼠出洞的声响，它们追逐、嬉戏，在商量如何度过一个和我一样百无聊赖的漫漫长夜。

母亲的手指并不算灵巧，将大拇指与中指、无名指对接，弯成一个瓜子环的形状，食指与小拇指上下摆动，墙上就出现了一只活泼的兔子。胆小的兔子，总是潜伏在草丛之中，稍有风草动就会一跃而起，母亲的手在灯光中一划，兔子消失了踪影。接下来是狗，母亲让我学汪汪的狗叫声，墙上的手影则一张一合，恰如米罗的《犬吠月》。脚下是低矮的土丘，远处是深邃的夜，头顶是一轮月光隐晦的弯月，一架梯子通向无边的夜空。多年以后，当我想起母亲的手影，土屋里的气味、器物与摇曳的灯光就会一一浮现。一种游戏的最大意义便在于陪伴，从牙牙学语到蹒跚走路，从顽劣少年到年近不惑，我仍然没有读懂其清晰的指向。

不知何时起，我的双手变得孔武有力，放学，几个不归的少年找一株春天的梧桐树练习击打。春天的梧桐树皮那么薄脆，以至于我们错以为自己已经拥有了可以与世界对抗的力气。树皮裂开，殷殷滴落梧桐的清泪，看着隐隐泛红的拳背，这才故作豪迈地离开。

我的手，与我的命运一样多舛。

土里刨食。生在乡野，这是农人的宿命。吐一口唾沫在掌心，紧握镰刀，这是五月的麦田。在五月，只能以手为脚，追赶倏忽即逝的节气。打麦、扬场，在滂沱的大雨中将装袋的麦子运回家里；接着是播种，将玉米、花生、大豆播种在泥土里，守望秋天能有一个不错的收成。多年来，我习惯了这样的劳作，尽管一年的收成不足以供养全家人的生活，我还是喜欢那份通透的劳作。打起赤脚，光起膀子，抡圆了胳膊，催逼出一身汗来，这时的毛孔也在呼吸，呼吸天地日月，呼吸草木流水之光，吐故而纳新，倾排在体内积蓄已久的疏懒与污浊。

我的手指尚算灵巧，只是时间有些不对，老师在讲台上讲抛物线的轨迹，我在下面刻制印章。红枣木，纹理细密而坚硬，锋利的刻刀窸窸窣窣在木纹中游走，我刻下自己的第一个笔名：青未了。“岱宗夫如何，齐鲁青未了。造化钟神秀，阴阳割昏晓。荡胸生层云，决眦入归鸟。”我在青春的体内蕴积青天白云，仿佛此时站在巍峨的泰山之上指点江山，冷不防数学老师的粉笔头呼啸而来，惊醒美梦。根雕，将几十年的老树根锯削刨凿，做出一个奇异的形状，一条蛇盘旋而上，攀附在一只龙首上。

工地，脚手架在一点点增高，十九岁的体内仿佛涌动着永远使不完的力量。我一手抢过老刘手中的砖托，放一块，再加一块，两块红砖凌空而起，稳稳当当落在瓦匠老吴的手中。一天下来，不知多少砖从我的手中飞出，不知多少汗水流出体外，工棚内充满了酒味、尿骚味和腐败的气息，伸开双手，几个大大的水泡钻心疼。

在形而上与形而下之间，我的一双手跟随我游走多年，尝过海水的腥咸，体味过石头的坚硬，厚厚的老茧像一枚枚劣质奖牌，紧握于掌心。我甚至不知道这双手的未来，是否在一日日的凄风苦雨中最后叶子般凋零，与身体一起化为泥土。——这是必然，手的命运与人的命运总是息息相关，不因你是纤细的、白皙的而富贵，也不因你是粗糙的、笨拙的而卑贱，不同的只是所创造的价值，超然于事物之外。

手影的历史久远，大概在古猿进化成人之前就有了其本能的存在。在狩猎的道路上设下路标，在经过的岩石上刻下岩画，在一根简单的草绳上结绳记事，都属于手影的一种。后来，《都城纪胜》记载杭州瓦舍众伎杂手艺中就有手影戏一项。不需要复杂的道具，只要一根蜡烛，一盏油灯，甚至一轮明月，就可以在嘈杂的勾栏瓦舍寂静上演。像不像，三分样，或狗，或猫，或机敏的兔子，或蠢笨的猪，在幕布上上演。这是古时的欢愉，观者大多是妇人与孩子，以飘忽的影子启蒙童年的心智。

我站在顾客身后，十几年来我保持着同一个动作，在客人理发时屏气凝神。剪刀锋利，手指每夹起一束头发都有风声吹过。我不允许客人有一丝动作，这样会打乱我对发型的控制。圆的脸，方的脸，胖的头，瘦的头，多的发，少的发，在手起刀落的过程中趋向完满。最初的几年，手上仿佛从未断过疤痕，剪刀过处，血流涌出，一片创可贴是安慰手的情绪的法宝。抓握剪刀的第四根手指，隐隐弯曲，一枚豆粒大小的茧子，是时间留下的印记。镜子中，两只手上下翻舞，每一个发型都在重复上百次这样的动作，“油自钱孔入而钱不湿”，我不能保证所有的顾客满意，但是我的手会尊重每一个人，而不失毫厘。

曾在一次游历的过程中，遇见一位少年，通过简单的手影向过往的人们展示环保的重要意义。少年十五六岁的年纪，身上穿着印有义工字样的衣服，将人们引至一方小小的棚屋：灯光变暗，鸟儿的啁啾响起，缓缓，从鸟巢中探出头来，抖羽，抬头向天，展翅，飞向蔚蓝色的天空；另一只鸟出现，它们在爱情的呼唤中耳鬓厮磨；仿佛过了一个夏天，有雏鸟唧唧，出壳，蹒跚学飞，在因果循环中向人们诉说保护自然的刻不容缓。

从另一个层面来看，我用一双挖土刨食的手、雕刻印章的手、搬砖运瓦的手、操持剪刀的手来写作，也是手影的一种。手是一个必不可少的器官，既现实又浪漫，既抽象又充满各种变数，我所尝试的，就是用一双并不巧妙的手，勾勒出农耕文明与现代文明之间的真实影像，描绘出文学意义上的爱与虚无。